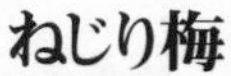

花暦 居酒屋ぜんや

坂井希久子

時代小説文庫

角川春樹事務所

目次

声はすれども 7

七色の声 55

くれない 99

縁談 143

時鳥（ほととぎす） 183

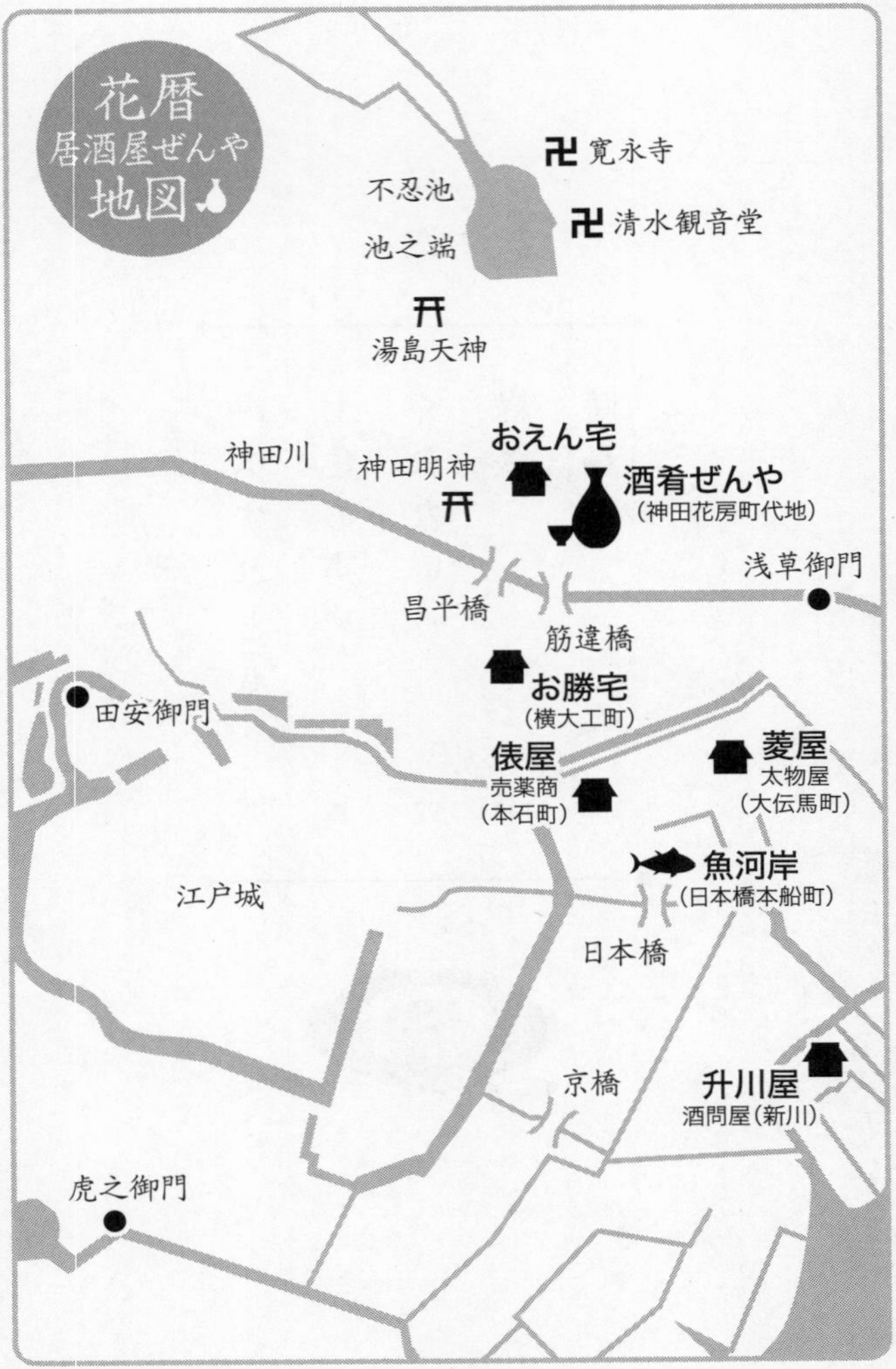

花暦
居酒屋ぜんや
地図

寛永寺
不忍池
清水観音堂
池之端
湯島天神
おえん宅
神田川
神田明神
酒肴ぜんや
（神田花房町代地）
浅草御門
昌平橋
筋違橋
お勝宅
（横大工町）
田安御門
俵屋
売薬商
（本石町）
菱屋
太物屋
（大伝馬町）
魚河岸
（日本橋本船町）
江戸城
日本橋
京橋
升川屋
酒問屋（新川）
虎之御門

ねじり梅

花暦　居酒屋ぜんや

〈主な登場人物紹介〉

お花……………只次郎・お妙夫婦に引き取られた娘。鼻が利く。
熊吉……………本石町にある薬種問屋・俵屋に奉公している。ルリオの子・ヒビキを飼っている。
只次郎…………小十人番士の旗本の次男坊から町人となる。鶯が美声を放つよう飼育するのが得意で、鶯指南と商い指南の謝礼で稼いでいる。
お妙……………居酒屋「ぜんや」を切り盛りする別嬪女将。
お勝……………お妙の前の良人・善助の姉。「ぜんや」を手伝う。十歳で両親を亡くしたお妙を預かった。
おかや…………「ぜんや」の裏長屋に住むおかみ連中の一人おえんの娘。父は左官。

「ぜんや」の馴染み客
菱屋のご隠居……大伝馬町にある太物屋の隠居。只次郎の養父となった。
升川屋喜兵衛……新川沿いに蔵を構える酒問屋の主人。妻・お志乃は灘の造り酒屋の娘。息子は千寿。
俵屋の主人………本石町にある薬種問屋の主人。

声はすれども

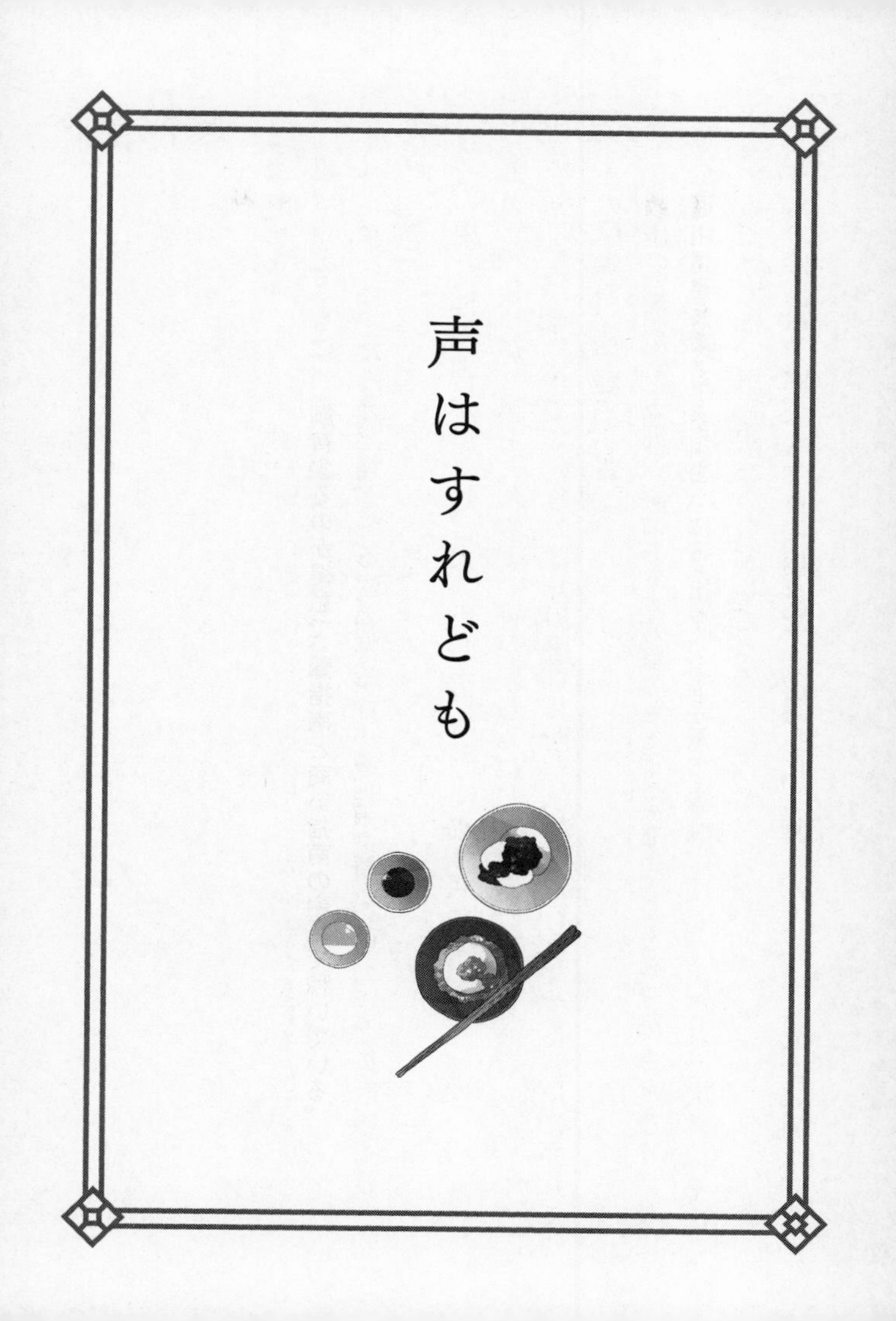

一

「ヨッ、ホッ、ヤッ、ホッ」

掛け声とともに、杵が振り下ろされてゆく。

ぺったんぺったんと、搗かれる餅の粘る音。それを返す合いの手との呼吸もぴったりだ。

その周りには縁台が出され、大人たちが忙しなく動き回っている。

「よぉし、しっかり腰を入れろよ。皆が楽しみにしてる餅だからなぁ」

手を叩き、囃し立てているのは升川屋喜兵衛。伝馬船が行き来する新川に面して建つその屋敷の、中庭である。

寛政十一年（一七九九）、師走二十八日。今年もあと二日を残すのみとなり、なにやら追い立てられるような心持ちになってきた。縁側に座し、出された火鉢にあたっているだけでは、申し訳ない気がしてくる。

「うちでは毎年、奉公人全員に搗きたての餅を振る舞うんです。こんなに盛大になったのは、お妙さんがきっかけらしいですよ」

　隣に並んで座る千寿が、にこやかに解説を加えてくれる。なんでも神田川沿いの火事で焼け出されたお妙は、しばらくここの離れで厄介になっていたそうだ。その際に毎年恒例の餅搗きに、ひと工夫を凝らしたという。

「以前は餡ころ餅だけだったそうです。今みたいにいろんな味が選べるようになったのは、お妙さんの案なんですって」

　その言葉どおり縁台には、餡子のみならず黄粉に胡麻だれ、納豆、大根おろし、葱と鰹節、芝海老のおぼろまで並んでいる。

　餡ころ餅だけでも、奉公人たちは大喜びだったに違いない。だが選ぶ楽しみは、また格別だ。

「どうしよう。あんなにあるんじゃ、一つに絞れないよう」

　現におかやは、早くも思い悩んでいる。千寿の向こう側に腰掛けて、神妙に首を傾げてみせた。

「選べないなら餅をお代わりして、たくさん食べてください」

「えっ、いいの？」

「もちろんです」

好きなだけ食べていいと言われ、顔を輝かせるおかやが可愛らしい。夫婦になりたいほど好きな千寿の前でも、食い気を抑える気はないようだ。そのあたりがまだ、七つの女の子らしく邪気がない。

お花にはなにを食べたいか考えるより、気がかりなことがある。腹の底がそわそわして、ついに立ち上がってしまった。

「あのっ、なにか手伝えることはないかな？」

家出をした千寿を匿った礼に、「うちに遊びに来てください」と誘われてはいた。それがまさか、今年のうちに実現しようとは。升川屋から「祭りみたいなもんだから、気軽に来てくんな」と正式に招かれて、おかやを誘って来てみたものの。

まったくもって、落ち着かない。

薬種問屋の俵屋に足を踏み入れたときも部屋数の多さに圧倒されたが、升川屋の敷地はそれよりさらに広いようだ。中庭と呼ばれているこの広場だけでも、『ぜんや』がすっぽりと収まってしまいそう。これとは別に広い庭があるというのだから、途方もない。

千寿ちゃんが、若様なんて呼ばれているわけだわ。

こんな大店の主やご新造と知り合いになるなんて、人の運命とは分からぬもの。ただ自分がここにいるのは場違いだということだけは、よく分かる。

『ぜんや』にいても、働いていなければ居場所がないと感じるくらいだ。周りの大人が動き回っているのに、じっとしているなんて耐えられない。なんでもいいから仕事を分けてほしいと思ってしまう。

生まれ落ちたときから升川屋の跡取り息子として大事にされている千寿に、そんないたたまれなさは伝わらない。八つの男の子とは思えぬ穏やかさで微笑んでいる。

「いいんですよ。お花さんは、お客様なんですから」

「そうは言っても――」

落ち着かなくて、なにかできることはないかと周りを見回す。

早くも一番目の餅が搗き上がり、打ち粉を振ったのし板に移されている。まずはそれで鏡餅を作るらしく、当主自らがほどよい大きさに千切って丸く形を作ってゆく。

台所方の女中が二人がかりで大きな蒸籠を運んできて、空になった臼に蒸したての糯米をえいやと放り込んだ。升川屋が顔を上げ、こちらに向いて顎をしゃくる。

「千寿、次はお前が搗け」

「はい！」

その細腕では杵など持てまいに、父に名を呼ばれて千寿は嬉々として立ち上がる。

彼はお花の申し出も、おろそかにはしなかった。

「お花さんも、手伝ってくれますか」

「うん、分かった」

よかった、やるべきことが見つかった。

おかやが「ええっ、ずるい」とむくれるので、手を繋いで一緒に向かうことにする。

千寿が搗き手、お花とおかやが合いの手。体格のいい下男が杵を持ち、千寿はほぼ手を添えているだけだ。合いの手に慣れているらしい女中が、手を搗くといけないから掛け声を決めましょうと助言してくる。

さっきと同じ拍子では、お花たちには速すぎる。ためしに二、三度搗いてもらい、「やっとこ、えいや」に決まった。

「やっとこ」と下男に支えられた千寿が杵を振り下ろし、「えいや」でお花とおかやが餅をひっくり返す。

昨日は大寒。その名に違わず、耳元を寒風が吹き抜けてゆく。けれども掛け声に急かされるようにして動いていたら、寒さなんてちっとも気にならない。

手水をつけても蒸したての糯米は熱く、たちまち手のひらが真っ赤になった。

二番目に搗いた餅は、奉公人への振る舞い用だ。のし板に移したのをお花とおかや、それから千寿自らが、小さく千切って一つずつ小皿に落としてゆく。当主の子なのに我先に食べようとはせず、「今年もありがとう」と笑顔で配っているところに器の大きさを感じた。

奉公人たちもそんな千寿を愛おしんでいるらしく、「坊様が搗いてくれた餅なら、来年も病気知らずでさぁ」と大喜びで受け取っている。

その様子を見て、なぜかおかやが満足げに頷いた。

「さすが、千寿さんね」

「本当だね」

たとえまだ幼くとも、千寿は人の上に立つべき人物だ。ほんのふた月前に「寂しい」と言って稲荷の前に佇んでいたのと、同じ子供とは思えない。もしかすると彼もああやって鷹揚に振る舞うことで、自らの居場所を作っているのかもしれない。

なんてね。千寿ちゃんは、私とは違うか。

貰い子の自分と同じように、千寿の立場を測ってはいけない。なにより千寿は、実の母から慈しまれている。

「母さんは、黄粉がお好きだから」

手隙の奉公人に餅を配り終えると、自分が食べる分より先に母の餅を用意している。こういう心遣いのできるところが、愛される所以なのだろうか。それとも愛されて育ったから、自然と真心も芽生えたのだろうか。

お花には、よく分からない。

「さぁお花さんとおかやさんも、好きな味つけを選んでください」

「どうしようかなぁ。まずは甘いの、それからしょっぱいのを挟んで、また甘いのかなぁ」

「私は、餡子」

縁台の前で真剣に悩んでいるおかやをよそに、お花は小皿に粒餡を盛る。

それを見たおかやが、不満げな声を上げた。

「ええっ、あたりまえすぎない？」

「だって、お餅には餡子でしょう」

「そうだけど、だからこそ珍しい味つけで食べたいじゃない」

「でも、美味しいし」

「美味しいのも分かってるけどさぁ」

お花はつい、食べ慣れないものよりも食べつけたものを選んでしまう。それがどういう味か分かっていたほうが、安心だからだ。お妙がいろんなものを食べさせてくれるお蔭でましにはなったが、この味つけの中では餡子が一番間違いがない。

「面白みがないわ、お花ちゃんは。アタシは胡麻だれにしようっと」

餡ころ餅は、面白みがないのだろうか。納得がいかずに首を傾げていたら、千寿が餡子が盛られた鉢へと手を伸ばした。

「実は私も、餡子が一番好きなんです」

「なんですって！」

餅にたっぷりと胡麻だれをかけてしまったおかやが、愕然として振り返る。人の好みは、やはり腐すものではないのだ。

「じゃあアタシも、餡子を――」

おかやは未練がましく、自分の皿とお花の皿を見比べている。なんだか取り替えてほしそうだ。

歳上のお花としては少しくらいの我儘は聞いてやるべきなのだろうが、面白みがないとまで言ったのはおかやである。気づかぬふりをしていたら、千寿が「では」と自分の皿を差し出した。

「おかやさん、私のと取り替えましょう」

「え、でも」

「遠慮せずに。私は胡麻だれも好きです」

「それじゃあ——」

おかやは渋々、二枚の皿を取り替える。千寿とお揃いがよかっただけなのに、おかしなことになってしまった。

「いいの？」

元いた縁側へと引き返しながら、千寿にそっと聞いてみる。未練などなく爽やかに、千寿は「ええ」と頷いた。

「すぐに三番目の餅が搗き上がりますから、お代わりすればいいんです」

背後では再び、「ヨッ、ホッ、ヤッ、ホッ」という掛け声が上がっている。待てば次があると分かっていても、お花は意地を張って餅を取り替えてやらなかった。

さすがだなぁ、千寿ちゃんは。

この若様がいれば、升川屋は安泰だと噂されるわけである。

私も、お花ちゃんがいれば『ぜんや』は安泰だって言われるように——。

そうなるには、道のりはまだまだ長いようだ。

二

「うん、美味しい！」

おかやが目を細め、早くも二個目の餅を頬張（ほおば）っている。

今度こそ、胡麻だれ餅だ。「面白みがない」と断じた餡ころ餅も、けっきょくは大喜びで食べていたのだが。むっちりとした頬を笑み窪（くぼ）ませる様は本当に幸せそうで、見ているだけでお腹（なか）がいっぱいになる気がする。

「あんまり急いで食べたら、喉（のど）が詰まりますえ」

女中頭のおつなが火鉢で沸（わ）かした湯を使い、煎茶（せんちゃ）を淹（い）れてくれた。庶民がめったに口にしない、緑色のお茶である。

湯呑（ゆの）みは三つと、もう一つ。千寿が手ずから用意した黄粉餅の傍（かたわ）らに、それが置かれた。

「母さんは？」

「すぐお越しになりますえ。さっきまで嬢様に、お乳をあげておられて。ああほら、来やはった」

おつなが濡れ縁の端に顔を向ける。ちょうどお志乃がしずしずと、角を曲がって来たところだった。

「おやまぁ、皆さん。寒うおへんか?」

縁側に横一列に並んでいる子供たちを見て、にっこりと微笑む。少しやつれたようにも見えるが、相変わらず京人形のような面差しである。その腕には、搔い巻きに包まれた赤子を抱いていた。

「火鉢があれば平気です。さ、母さんもこちらに」

千寿がさっと立ち上がり、火鉢に近いところを空ける。「おおきに」と礼を言い、お志乃がそこに収まった。

「わぁ、赤ちゃん」

おかやが空いた皿を置いて、目を輝かす。お花も興味を引かれ、お志乃の腕の中を覗き込んだ。

真綿の詰まった搔い巻きの中で、赤子はぱっちりと目を開けていた。まだふた月というのに、顔立ちがやけにはっきりしている。小作りにできているお志乃より、升川屋に似ているのだ。

「すごい、お餅みたい」

あまりにも頬がふくよかで、思ったことを口にしてしまった。お志乃がうふふと歌うように笑う。

「大きな赤さんやわ。お乳を飲んでようけ寝て、ひどく泣きもしまへんし、手のかからん子どす」

そういえばお銀が言っていた。この妹に、千寿は振り回されるだろうと。赤子のうちから肝が据わっていて、将来はお転婆になりそうだ。

「百代というのです。お百と呼んでやってください」

一方の千寿はお百が可愛くてならないらしく、とろけるような笑顔を見せている。妹が生まれたときに感じた寂しさは、どこかに吹き飛んでしまったらしい。

「お百ちゃん」

おかやが呼びかけるとお百は目を細め、たっぷりとした頬を持ち上げた。

「あ、笑った！」

赤子の笑顔には、見る者を幸せにする力がある。嬉しくなって、お花は身を乗り出した。

「抱っこしてみまへんか」

「えっ」

お志乃に勧められて、うろたえる。こんないかにも柔らかそうなものを、胸に抱くのは恐ろしかった。

「そろそろ首が据わりかけてますけども、念のためここを支えながら抱いとくれやす」

それなのに、お志乃は構わずお百を差し出してくる。嫌とは言えず、お花は教えられたとおりに首のつけ根と頭を支えながら受け取った。

「わ、けっこう重い」

落としてはいけないと体が強張っているせいか、よけいにずっしりとした重さを感じた。母の手を離れてもお百は泣きもせず、不思議そうにお花を見上げてくる。体中から、甘い乳のにおいがしている。

なんて可愛らしいのだろう。愛おしさに、胸の内側がきゅっと窄まる。自分が子を持つことなどまだ考えられないけど、自然と笑みが浮かんでしまう。

「ねぇねぇ、アタシも！」

だけどおかやが急かすから、あまりのんびりしていられない。「気をつけて」と声をかけ、その膝の上にそっとお百を寝かせてやった。

「うわぁ、可愛い。いいなぁ、赤ちゃん。アタシもいっぱいほしいなぁ」

「まぁ、おませさんやねぇ」

気の早いおかやの願望に、大人たちはくすくす笑う。長じればあたりまえに子をもうけるものと思っている、その純粋さがお花には羨ましかった。

おかやちゃんも、おえんさんに大事にされているもんね。

そういう子はきっと、我が子を愛せなかったらどうしようなんて心配はしないのだ。彼らにとって、親が子を慈しむのはあたりまえのことだから。赤子を抱いて愛おしいと思えた自分に、安堵することだってあるまい。

「お花さん、お餅をもう一つ食べませんか?」

ふと気づけば、己の膝をじっと見つめていた。千寿に声をかけられて、お花はハッと面を上げる。

いけない、せっかくのお祭りなのに。思考が暗いほうへと引きずられていた。千寿には、勘づかれてしまっただろうか。いいやちょうど、次の餅が搗き上がったところである。お花の皿が空になっているのを見て、気を回してくれたのだろう。

「取ってきますよ。なにがいいですか」

自分のために、升川屋の若様の手を煩わせるなんて申し訳ない。普段ならそう思うところだが、動揺していたお花は素直に答えた。

「じゃあ、葱とおかか」

餡ころ餅を食べた後で、口の中に甘ったるさが残っている。おかやではないが、舌がしょっぱいものを欲していた。

「分かりました。おかやさんは？」

「えっ、待って。アタシも行く」

おかやは千寿から、片時も離れたくはないようだ。腰を浮かしかけて、膝の上のお百に困ったように目を落とす。

「それなら、こっちで引き取りますわ」

おつなが手を伸ばし、お百を抱き取る。慣れ親しんだ温もりが分かるのか、その腕の中に収まったとたん、お百は大きく欠伸をした。

「あら、おねむみたいですわ。寝かしつけてきまひょか？」

「ええ、お願い」

お志乃は今しばらく、ここに留まるつもりのようだ。女中頭に娘を託し、その後ろ姿を見送った。

さて、困った。

千寿とおかやが餅を取りに行ってしまい、縁側に残されたお花はどぎまぎしていた。期せずして、お志乃と二人きりになってしまった。お妙の友人だからこれまでに何度も顔を合わせてきたけれど、いつも他に誰(だれ)かがいた。

なにか、話しかけたほうがいいんだよね。

じっと黙って座っているのも愛想(あいそ)がない。けれども、なにを話していいか分からない。

お志乃はたおやかでありながら、良家のご新造らしい折り目正しさもある人だ。下手(へた)なことを言えば、軽蔑(けいべつ)されるのではないかと身構えてしまう。

「お花ちゃん、楽しんではる？」

このやんわりとした上方訛(かみがたなま)りも、なんとなくとっつきづらい。お花は辛(かろ)うじて「はあ」と頷き返した。

「そういえば、熊吉(くまきち)はんはもう帰ってきやはったんやろか」

ああ、よかった。話すべきことがあった。

お花は密(ひそ)かに胸を撫(な)で下ろし、「ううん、まだみたい」と首を振った。

上方に龍気補養丹(りゅうきほようたん)の売弘所(うりひろめどころ)を設(もう)けるため、俵屋の若旦那(わかだんな)と熊吉が樽廻船(たるかいせん)で江戸を発(た)ったのが、先月十八日のことである。幸い海路の日和(ひより)よく、十日後には無事灘(なだ)に到着したそうだ。

それから造り酒屋を営むお志乃の父に会い、京坂の出店に薬を置いてもらう算段をつけた。そして今月七日には、江戸に向けて発ったと手紙で知らせてきている。

行きは船で向かったが、帰りはそうもいかない。なにせ灘を出る樽廻船には、酒樽が満載されているのだ。廻船問屋に雇われた人足でもないかぎり、人が乗る余地はない。

そんなわけで、二人は陸路で江戸を目指している。大人の男の足ならば、余裕を見ても二十日あれば着くと思われたのだが。

帰ってきたという知らせは、まだ聞かない。

「そうどすか。まぁ冬の旅やから、足元が悪い所もおますやろな」

東海道には難所と呼ばれる峠がいくつもあるそうで、雪でも積もればそう易々とは越えられない。若旦那も熊吉も旅慣れているわけではないから、道中難儀しているのかもしれなかった。

「今年のうちに、帰ってこられるかな」

旅の途上で年が明けてしまうのは、なんとも味気ない。新年はせめて、腰を落ち着けて迎えてほしいところだ。

「せやけど休む間もなく掛け取りに出なならんのは、可哀想な気もしますけどな」

お志乃の意見に、それもそうかと思い直す。そもそも商家の奉公人が、心安らかに新年を迎えられるはずがないのだ。

なにせ大晦日は掛け取りのために、つき合いのある家々を隈なく回らねばならない。それは朝早くから、夜更けにまで及ぶのだ。齢十八の熊吉とて、旅の疲れも取れぬうちに駆けずり回るのは辛かろう。

「じゃあ、藪入りまでに」

「ええ、さすがにそのころには戻ってますやろ」

正月十六日の藪入りも、それほど先のことではない。熊吉はいつもどおり、その日を『ぜんや』で過ごすのだろうか。ならばまた、蓮餅を作ってやらなければ。そのときに、土産話でも聞かせてもらうとしよう。

「お花さん、お待たせしました」

千寿とおかやが、小皿を手に戻ってくる。お花の餅には葱と鰹節、それに醤油がぽっちりかかっている。糯米も米なのだから、この組み合わせがしっくりこないはずがない。

「ほな、いただきまひょか」

そう言って、お志乃が膝先に置かれていた黄粉餅の皿を取る。お百と共に、部屋に下がらなかったわけが分かった。お志乃は千寿の心づくしを味わうために、縁側に出てきたのだ。

「はい。母さんは、黄粉でよかったですか」

「そりゃ、一番の好物やもの。千寿は餡子にしたのやね」

「ええ、好物ですから」

母の隣に腰掛けて、千寿は見るからに嬉しそうだ。

おっ母さんのことが、大好きなのね。

いいなとまた羨みそうになって、お花は駄目駄目と首を振る。自分にだって、今では優しい養母がいる。これ以上の幸せを望んだら、罰が当たるかもしれない。

私だって、お妙さんのことは大好きだもの。

そのお妙がきっかけで作られるようになったという、葱おかか餅を食べてみる。削りたての鰹節は香り高く、醤油と共に餅に絡んで間違いのない美味しさだ。葱のほどよい辛みが口の中をさっぱりと引き締めて、餡ころ餅の余韻を拭い去っていった。

「お花ちゃん、それ美味しい？」と、おかやが皿の中を覗き込んでくる。

「うん。おかやちゃんは、大根おろし？」

「そう、はじめて食べるの」

さすがはおかや、食に対して貪欲だ。食べたことのない組み合わせにも、臆することなく手を出してゆく。

「そういえばおかやさん、その大根おろし、どちらの鉢から取りました？」

「へ、なんのこと」

千寿に問われても、伸ばした箸を決して止めない。尋ね返しながら、おかやは餅を口へと運んでゆく。

「大根おろしは、二種類あるんですよ。頭のほうをおろしたのと、尻尾のほうをおろしたのが」

お妙から料理を教わるようになって、お花も覚えた。大根は頭のほうが甘く、尻尾に向けて辛みが増してゆく。つまり縁台には、甘い大根おろしと辛い大根おろしがあったのだ。

しかし皆まで聞く前に、おかやは餅に齧りついていた。しばらく咀嚼するうちに、顔の具がどんどん真ん中に集まってゆく。

「なにこれ、辛ぁい！」

どうやら大当たりだったようである。

三

どうもまだ、体が揺れている気がする。

そんなはずはないと思っても、足元が覚束ない。乗りつけない駕籠などに乗って、帰ってきたせいである。

「まぁ、こんなにたくさん」

土産に持たされた風呂敷包みを解いて、お妙が目を見開いた。大きなのし餅が二枚と、正月飾りの鏡餅が、油紙に包まれている。これだけあると持ち重りがするので、駕籠を呼んでくれたというわけだ。

升川屋からは、土産を持たせるから今年は引きずり餅や賃餅を頼まないようにと言われていた。杵と臼を背負った職人が注文のあった家々を回り、その場で搗いてくれるのが引きずり餅。菓子屋で注文するのが賃餅である。

つまり升川屋は正月に入り用な餅を、そっくり用意してくれたというわけだ。

「ありがたいわね。楽しかった？」

「うん。お餅を食べた後千寿ちゃんが、升川屋さんの中を案内してくれた」

「ああ、広かったでしょう」

広いなんてものじゃない。ここはどこのお城だと、目を回しそうになった。家の庭に池や橋や築山があるなんて、お花の常識では考えられない。

「恐いくらいだった」

正直な感想を述べると、給仕のお勝が笑いだす。

「気持ちは分かるよ」と、同意してくれた。

神田花房町代地の、居酒屋『ぜんや』である。まだ昼八つ（午後二時）にもなっておらず、昼餉の客は途絶えていない。

小上がりと床几が一つあるだけの、小さな店だ。しかし客はめいっぱい入っており、賑わっている。客の間を縫うようにして歩く、この狭苦しさがお花の日常である。

「これ、上に置いてくるね」

夢から覚めたような心地で、餅を包んだ風呂敷を再び受け取る。荷物を置いたら、すぐに店を手伝わないと。餅の食べすぎでお腹が少し重いけど、動いているうちにこなれるはずだ。

お花は三つ、おかやはなんと五つも食べた。さすがに苦しかったのか、おかやは駕籠を降りると『ぜんや』に寄らず、裏店へと続く路地をよたよたと歩いて帰って行った。今ごろは、横になって呻っていることだろう。

自分はそんなふうに、のんびりしていられる身分ではない。二階の内所に風呂敷包みを置いて、格子柄の前掛けをキュッと締める。楽しい思いをさせてもらったぶん、きりきりと働くのだ。

階段を下りてゆくと、ちょうど「四文二合半！」と注文の声が上がった。お勝の代わりに「はぁい」と返事をして、お花はちろりに一合四文の安酒を注いだ。

それを銅壺の湯に沈め、代わりに燗のついたちろりを引き上げる。

「お勝さん、これはどこ？」

「『マル』のところだよ」

愛称で呼ばれ、魚河岸の仲買人である「マル」が「こっちだ」と手を挙げる。よく見知った常連客だ。同業の「カク」と、差し向かいで小上がりに座っている。

すぐにそちらへ向かおうとしたら、調理場に入ったお妙が「これもお願い」と見世棚に小鉢を差し出してきた。

白身の刺身の、和え物だ。この季節ならあれだろうと、見当をつける。

「皮剝の肝和え？」

「惜しい。馬面剝よ」

馬面剝も皮剝の仲間だけれど、後者のほうが美味で値が張る。だがこの時期はどちらも肝が肥え太り、素晴らしく旨い。その肝を丁寧に血抜きして、さっと湯通ししたもので身を和える。これが旨くならないわけがない。

「待ってました！」

小鉢を運んでやると、「マル」も「カク」も大喜びで手を叩く。魚に詳しい仲買人も、この有様である。

「うんめぇ！」

「肝がねっとりと濃くて、酒が進んじまわぁ」

相変わらず、飯を食べているだけなのに騒がしい。だからこそ、作り甲斐もあるのだけれど。

「ああ、ばくちこきか」

ふいに背後から、小さな呟きが聞こえてきた。お花は思わず、「えっ」と振り返ってしまう。

声の出所は、床几に座る客のようである。頭の鉢が張った、蟷螂に似た男だ。近ごろよく見る顔だがいつも一人で、他の客とは話さない。料理の注文のときくらいにしか、言葉を発しないのが常だった。

そんなふうに、静かに過ごしたい客もいる。だから他の常連客のように、構い過ぎないようにしようとお勝が言っていた。いつも爽やかな木の香りをさせているから、一人黙々と仕事に打ち込む指物師のような職人なのかもしれない。

その男が、珍しく喋ったわけではあるが。

どうしよう、意味がちっとも分からない。

お花はあまり、言葉を知らない。周りの大人たちから教えてもらい、少しずつ覚えてきたつもりだけれど。男が放った言葉は、まるで初耳だった。

それはなんですかって、聞いたほうがいいのかな。

でもべつに、話しかけられたわけではないようだ。困っていると、男のほうがお花の視線に気づき、決まりが悪そうに顔をしかめた。

「同じものを」と、取り繕うように注文する。くいっと顎をしゃくった先には、「マル」と「カク」が食べている小鉢があった。

「馬面剝の、肝和えですか」

「ああ」

「かしこまりました」

お花はぺこりと頭を下げ、逃げるように調理場へと去る。独り言にうっかり応じてしまったせいで、たいそう居心地が悪かった。

昆布出汁のしっかり染みた大根に、味噌だれをとろりとかける。

ふうふうと吹き冷ましながら食べる風呂吹き大根は、寒い冬にうってつけだ。長っ尻になっている「マル」と「カク」も、唇を尖らせて息を吹きながら食べている。

「ああ、いい。こりゃあったまる」

「胃の腑にじわりと染みやがるなぁ」

酒は今あるぶんで仕舞いにすると言って、大事そうに口に運ぶ。二人で五合は飲んでいるはずだから、昼酒としては充分だろう。

彼らの隣に座っていた客が帰ったため、お勝と共に空いた皿を片づけてゆく。ちろりを逆さまにして最後の一滴まで注ぎきった「マル」が、「そういやぁ」と赤らんだ顔を向けてきた。

「俵屋の熊吉は、もう帰ってきたのかい？」

なぜか熊吉の消息をよく聞かれる日だ。お花は「ううん」と首を振る。お勝がその先を引き取った。

「まだみたいだよ。そろそろ帰ってきてもおかしかないんだけどねぇ」

「そうか。急がねぇと年が明けちまうのになぁ」

やはり皆、年をまたぐかどうかで気を揉んでいるらしい。お花は汚れた皿を盥に移してから尋ねた。

「熊ちゃんに、用があるの？」

「用っていうかほら、例の薬を正月から売りはじめるって聞いてたからよ。帰ってこなきゃ買えねぇだろう」

商家では大晦日の掛け取りで奉公人が夜通し駆けずり回るため、元日は寝正月になってしまう。だから正月の初売りは、二日から。指折り数えて四日後に、龍気補養丹は売り出されているはずだった。

「それなら平気です。うちも売弘所になっていますからね。二日から売りはじめますよ」

客の波が途切れたのを見て、お妙も調理場から出てきた。

若旦那と熊吉が留守でも、浅草と両国、それからこの神田で薬を売り出す手筈は整っている。薬を作るのは俵屋の旦那なのだから、二人がいなくても品物はあるのだ。

「そうか、それはよかった。なら二日にまた来るよ」

龍気補養丹の試し薬を飲んでいた「マル」は、その使い心地がすっかり気に入ったものらしい。同輩(どうはい)の「カク」が、呆(あき)れたように肩をすくめた。

「お前、どれだけ楽しみにしてるんだ」

「なんだよ、てめぇだってあの薬はいいと言ってたじゃねぇか」

「ああ、言ったよ。俺(おれ)も二日にまた来るさ」

けっきょく二人とも、龍気補養丹がほしいのだ。売り出す前からこんなに切望されているなんて、本当にいい薬なのだろう。

「元気になるなら、私も飲んでみようかな」

なんとなく、話の流れで呟いてみた。そのとたん、大人たちが顔を見合わせる。妙な間が空いてしまった。

またなにか、変なことを言ったのだろうか。「マル」が慌てたように、突き出した手を小刻(こきざ)みに振る。

「いや、お花ちゃんは飲まなくていい」

「どうして？」

「そもそも子供は元気だからさ」

年が明ければ、お花は十五。お馬も来てしまったし、子供とは言いきれない歳ではないかと思う。

釈然としないものを感じたが、お花は「ふぅん」と曖昧(あいまい)に返事をした。大人たちは、なぜか気まずそうだった。

とそこへ、救いの神である。表口の戸が、軽(かろ)やかに開いた。

「どうもこんにちは」と、入ってきたのは菱屋(ひしや)のご隠居だ。その堅太(かたぶと)りの体の後ろに、もう一人男が立っている。

「ちょうど店の手前で行き合いましてね」

「ええ、奇遇でしたな」

大らかに笑う男は、腰に大小を手挟(たばさ)んでいた。細身に仕立てた小袖(こそで)を着流しにして、鯔背(いなせ)な風情(ふぜい)。小銀杏(こいちょう)に結(ゆ)った髪はほとんど白くなっているのに、年寄り臭さを感じさせない。元吟味方与力(ぎんみかたよりき)の、柳井(やない)様である。

「あら、おいでなさいませ」

二人が入ってきたのと入れ違うように、床几に掛けていた蟷螂顔の男が「勘定(かんじょう)」と言って立ち上がる。お勝がそれに応じ、銭を受け取って戸口まで見送った。ご隠居と柳井様は、お花が片づけた小上がりに落ち着いた。

「おや旦那、久し振りじゃございやせんか」

「ああ。このところ引退やら相続やらで、ごたごたしてたもんでな」

魚河岸の仲買人ふぜいに話しかけられても、柳井様は気さくなものだ。「これで俺もご隠居よ」と屈託なく笑っている。

与力は一代抱えであり、世襲ではないが、実際は親が職にあるうちに子が見習いとして勤めはじめ、引退後にあらためて召し抱えられる。つまり柳井様は、息子に跡目を譲ったばかりというわけだ。

「お蔭で役目を気にせず昼間っから酒が飲める。夜になるとほら、武士崩れの只ナントカって奴がいるだろ。来づれぇんだよ」

お花にとっては養父である只次郎の名を、口にするのも嫌らしい。柳井様は只次郎から見れば、兄嫁の父という間柄だと聞いている。

わざとらしく顔をしかめる柳井様に、お妙はうふふと微笑みかけた。

「鶯のあぶりがありますから、この時期は日暮れ前には帰ってきますよ」

春に「ホーホケキョ」と鳴く鶯の、体内の時計を早めて鳴かせる手段が「あぶり」である。日没前から灯火をつけて、日が長くなったと思い込ませるというものだ。これによって鶯は、新春からよい声で鳴いてくれる。

「なんてこった。それじゃあ長居はできないじゃねぇか」

文句を言いながらも顔を合わせれば仲がよさそうな二人だが、互いになぜか、会うのを嫌がる。「型破りなところが似ているからじゃないかしら」とお妙は言うけれど、ならば意地を張らずともよいものを。

「あいつは俺の孫を勝手に奥勤めに上げちまったからな。許さねぇんだ」

何年も前の話を持ち出して、柳井様は子供のようにそっぽを向いた。

「はいはい、分かったよ。酒は、菱屋のご隠居の置き徳利(どっくり)から拝借(はいしゃく)していいのかい」

お勝には、もはや軽くあしらわれている。膝を寛(くつろ)げて、ご隠居が「ええ」と頷いた。

「ひとまず二合お願いしますよ」

「ああ、そりゃあかたじけねぇ」

「いえいえ、引退祝いのようなものです」

調理場の入り口の棚には、常連客の置き徳利がずらりと並んでいる。菱屋のご隠居を筆頭に、升川屋に俵屋、三文字屋(みもじや)に三河屋(みかわや)と豪勢なものだ。菱屋の木札が下がった徳利を手に取り、お勝が燗酒の用意をはじめた。

「今日のお菜はなんです？」

「小松菜の海苔(のり)和え、風呂吹き大根、馬面剝の肝和え、春菊と海老のかき揚(あ)げ、あとは鰤(ぶり)の味醂(みりん)焼きです」

「美味しそうですねぇ。すべてもらいましょう」

　俵屋によると、ご隠居はすでに七十を過ぎているという。しかしその健啖ぶりは、少しも衰えることを知らない。

「馬面剝か。そりゃあいいや」

　好物なのか、柳井様は舌舐めずりをせんばかり。

　お花はふいに、取り繕うようにそれを頼んだ客のことを思い出した。

「ばくちこき」

　意味の分からぬ言葉を、呟いてみる。調理場に戻ろうとしていたお妙が聞きつけて、「えっ？」と振り返った。

　酒を飲み干してしまった「マル」と「カク」が帰ってゆき、客はひとまず柳井様とご隠居だけになった。

　昼餉の賑わしさが落ち着いたこのひとときが、お花は好きだ。忙しなく動き回った後に訪れる寂しさと、体からほっと力が抜ける感じ。夕暮れのにおいが迫ってきて、店の中が黄昏れてゆくのもよい。

　行灯に火を入れる前の、けだるい時の流れである。

「ばくちこきってのは、博打打ちのこったろうよ」

上諸白の酒を口元に運びながら、柳井様が渋面を作る。博打は一応お上から禁じられているため、元与力としてはこの表情である。

「けしからん奴だな。子供になんて言葉を教えやがるんだ」と怒っている。

「べつに、教えられたわけじゃなくって」

ただ独り言として呟いたのを、耳にしただけのことだ。

しかし独白だったとしても、唐突すぎる。あの蟷螂顔の男は、よっぽど博打が好きなのだろうか。

「博打ってのは、『こく』ものだったんだね。屁と同じだ」

「んもう、お勝ねえさんたら」

お勝の品のない物言いを、お妙が諫める。客がいても構わずに床几に座って煙草を吸っているのだから、今さらである。

「どういう奴なんだい、その客ってのは」

「蟷螂さんでしょう？　実はあまり、よく知らなくて。いつも一人で、静かに飲んでいますよ」

名前すら知らず「蟷螂さん」で通っているくらいだから、なにをしている人かも分からない。お妙は首を傾げながら、折敷に料理を並べてゆく。

「次に来たら、ちょっと聞いてみちゃどうだ」

「そうですね。そこまで頭の中が賭博でいっぱいじゃ、心配です」

「ああ、博打は癖になるからな」

柳井様の話では、賭博にはまって命を落とす者までいるという。やめたいと思ってもやめられぬ、中毒のようなものらしい。

なんて恐ろしいのだろうと、お花は自らの腕を撫でさする。小上がりに置かれた火鉢の火は消えていないのに、急に寒さが増した気がした。

「うん、これは旨い」

蟷螂さんを心配するお妙たちをよそに、ご隠居は早くも料理に箸を伸ばしている。馬面剝の肝和えを口に含み、美味しさのあまり膝をぽんと叩いた。

「さっぱりとした白身にコクのある肝が絡んで、まぁ奥深いこと。お勝さん、今のうちにあと二合、酒をつけといてくれませんか」

「はいはい」

煙草盆に吸い殻を落とし、お勝がのろのろと立ち上がる。

親しい仲で、お妙は「もう」とご隠居を睨んだ。

「ご隠居さんたら、ちっともこっちの話を聞いていないんですね」

「とんでもない、聞いていますよ。博打こきでしょう」

ご隠居はいったん箸を置き、酒で唇を湿らせた。旨さが染み渡ったらしく、舌鼓を打ってから顔を上げる。やつれることを知らぬ頬が、にやりと膨らんだ。

「ちょうど馬面剝を食べて思い出したところです。越中のあたりでは馬面剝や皮剝を、たしか博打こきと呼ぶんですよ」

「なにそれ」

なぜ食べると美味しい魚に、不穏な名前をつけるのか。お花はびっくりして、目を丸くする。

たとえば毒のある河豚は、当たれば死ぬから別名「鉄砲」と呼ばれている。けれども馬面剝や皮剝に、毒があると聞いたことはない。

「ほら博打打ちってのは、負けると身ぐるみ剝がされるでしょう」

「ああ、なるほど」

いち早く、お妙が手を打ち鳴らす。

お花はまだ意味が分からず、「どういうこと？」と眉根を寄せた。

「皮剝は、皮を剝ぐからこの名前でしょう。お花ちゃんも、捌いたことがあるはずよ」

「あ、分かった！」

からくりが分かると気持ちがいい。お花もまた、お妙と同じように手を鳴らした。

皮剝の仲間は皆おちょぼ口で、体には鱗がない。料理をするときは鱗を落とす代わりに皮を剝く。口の先を切り落としてやると、そこからするすると手で剝けるのだ。あれはなかなか面白い。

「へぇ、その姿を博打打ちと掛けたわけか」

納得のいく由来に、柳井様も腕を組んで感心している。誰が言いだしたか知らないが、うまいことを考えるものだ。

「その昔、越中の薬売りから聞きましたよ。私の故郷の越後では使いませんから、不思議なものだと思って覚えていたんです」

「越中と越後って、隣同士だっけ」

「そうです。でも海に沿って長いですから、なかなか行き来はしませんね」

一度も江戸を出たことのないお花には、どのくらい遠いのか見当もつかない。所変われば、物の呼びかたも変わるのだろうか。

「てことはその蟷螂さんは、越中の出ってことか？」

柳井様に問われ、思い出してみる。蟷螂さんが「ばくちこき」と呟いたのは、「カク」と「マル」が馬面剝の肝和えを旨そうに食べていたときだ。それを見て思わず故郷の言葉が出てしまったのだとしたら。

「うん、そうかも」と、お花は頷いた。

「そう。賭博にはまっているわけじゃないなら、安心だけど」

名も知らぬ相手でも、大事な客だ。お妙はほっと胸を撫で下ろす。

博打と聞いて色めき立った柳井様は、「なんでぇ」と肩をすくめて肝和えを頰張った。

「紛らわしいこった。よそ者ならよそ者と、顔に書いといてほしいもんだ」

「おや、それじゃあ私も書いとかなきゃなりませんね」

「私もです」

「アタシもだね」

ご隠居は越後、お妙は堺、お勝は信濃の出だ。あらためて考えてみるとこの江戸には、いろんな国から人が集まっている。

「ああ、そりゃ悪かった」

直参の御家人である柳井様は、降参とばかりに片手拝みをする。お花も含め江戸に生まれ育った者は、ついここを中心にして物事を考えてしまう。

「でもほら年の暮れってのは、江戸者以外の出入りが激しいだろ。そのぶん、犯罪が増えるんだよ。盗賊の一味なんかも入り込んでるかもしれねぇからさ」

年が押し詰まると、社寺で開かれる年の市や蓑市、門松用の松を売る松市など数々の市が立ち、江戸近郷の者が品物を売りにくる。それに家々を巡る門付も諸国を回る旅芸人であることが多く、こちらは年明けまで賑やかだ。

人の行き来が増えれば揉めごとも起こる。町方の元与力としては、警戒するところであろう。

「念のため、夜の戸締まりはしっかりな」

「ありがとうございます。うちに金目の物なんかありませんけどね」

「ここになくても、隣にゃあるだろう」

裏店へと続く路地を挟んで、隣に建つのは只次郎の『春告堂』だ。その二階には、江戸一の美声とうたわれる鶯のハリオがいる。盗み出して好事家に売れば、途方もない額になるはずだった。

「それもそうですね」

ハリオの価値に気づき、お妙が頬を引き締める。

夜になると只次郎は『ぜんや』の二階で寝るため、『春告堂』は無防備だ。かといって『春告堂』の二階は預かっている鶯の籠桶で溢れており、親子三人が布団を延べて寝る余地がない。

「しばらくの間只次郎さんは、『春告堂』で寝ればいいと思う」

一人だけなら、どうにか寝ることができるはず。そう考えて解決策を呟くと、大人たちは一瞬しんとなった。

つかの間の沈黙を破ったのはご隠居だ。

「あの人もついに、可愛がってる娘から邪険に扱われるようになりましたか」

「なぁに、父と娘にはよくあることさ」と、お勝。

「べつに只次郎さんのことを、嫌っているわけじゃないのよね？」

お妙までが、大真面目に顔を覗き込んできた。

お勝曰く女の子には、父親を疎ましく感じる時期があるのだという。

誤解だ。そんなつもりで言ったんじゃないと弁明したいのに、肝心なときに言葉が詰まって出てこない。

柳井様が、愉快げに手を叩く。実に嬉しそうに笑いながら、こう言った。

「そりゃあいい。あいつにゃ、一人寝がお似合いさ」

四

「久し振りの一人寝は、身にこたえるよ」

洗面を済ませてから『ぜんや』に入ってきた只次郎が、朝一番のため息を洩らす。たったひと晩別々に寝ただけなのに、げっそりとやつれて見えるのは気のせいだろうか。只次郎は続けて、自分の着物の袖を嗅ぎはじめた。

「寂しいのはもちろんだけど、『春告堂』で寝ると体が鳥臭くなるんだよ。ねぇお花ちゃん、臭くはないかい？」

判断を委ねられ、お花も鼻を近づけてみる。たしかに鶯の餌や乾いた糞などが混じったにおいはするが、毎日世話をしていれば染みつくものだ。

「大丈夫、いつもこのくらいは臭いから」

「えっ、それはちょっと傷つく」

普段と変わらないと言いたかっただけなのに、また伝えかたを間違えた。狼狽えていると、お妙が笑いながら朝餉を運んできた。

「あまり眠れませんでしたか？」

「いいえ、朝までぐっすりでしたよ」

「よかった。では、しばらくこれでいきましょう」

柳井様の忠告を受けて、けっきょくお花の案が受け入れられた。只次郎は昨夜己の布団だけを抱えて、とぼとぼと隣に引き上げていったのである。

「そんなぁ」

嘆き声を上げる只次郎の元に、お妙が折敷を置く。今日の朝餉は芋粥だ。里芋や薩摩芋ではなく、長芋だからなおのこと胃に優しい。ほんのりとした塩味は、お花が味見をして決めた。

「念のためですよ。あの柳井様がなんの根拠もなく、あんなことを言いだすとは思えませんから」

「それはまぁ、そうですけども」

只次郎が粥を啜り、目を細めて息をつく。滋養が体に染み渡っているらしい。

武家らしからぬお人だが、柳井様は切れ者で通っている。元与力という立場もあり、実際に盗賊の一人や二人は江戸に入ったという知らせを受けているのではあるまいか。と、お妙は睨んでいた。それゆえに、慎重になっている。

「私が『春告堂』に寝起きするようになったら、こっちが女性だけになってしまうじやないですか。それも心配ですよ」

「でも、鶯のことも心配でしょう」

そう返されて、只次郎は言葉に詰まる。小鳥は身を守る術を持たない。なおかつ夜間は鳴かぬから、その美声で異変を知らせることもできない。

「いざというときのために、枕元に笛でも置いておきますから。ねっ」

「うん。私も、力いっぱい吹く」

小鳥ほど無力ではないと知らせたくて、お花も頷く。粥から立ちのぼる湯気越しに、只次郎はふふっと笑った。

「そうだね。お花ちゃんがいれば心強いね」

頼られると、嬉しさが高じて面映ゆくなる。お花は照れ隠しにうつむいて、前掛けを手で揉んだ。

とそこへ、けたたましい音が割り込んでくる。表の戸が、外から叩かれているのだ。

まだ明け六つ半（午前七時）といったところで、表戸には心張り棒を支っている。出入りの八百屋か魚屋が、早めに回ってきたのだろうか。

「はあい」と応じて出ようとしたお花を制し、只次郎が立ち上がる。外はすでに明るいが、用心して戸の内側から話しかけた。

「どちら様でしょうか」

戸を叩いていた誰かの手が、ぴたりと止まる。返ってきたのは、思いのほか折り目正しい声だった。

「ごめんください。俵屋の手代の留吉と申します。朝から不躾ではございますが、お知らせしたいことがあり参りました」

只次郎が、問いかけるように振り返る。もしや熊吉に、なにかあったのか。胸が騒ぎ、お花は着物の合わせをぎゅっと握った。

心張り棒を外して中に通した男は、たしかに俵屋のお仕着せを着ていた。年季に合わせて色が濃くなるという格子縞は、黒に近いほどの紺だ。額が前に突き出た風貌からは、どこかずる賢さも感じられた。

床几を勧めても座ろうとはせず、「すぐに戻りますので」とお茶も固辞する。立ったまま、用件のみを口にした。

「実は昨夜遅く、うちの店に何者かが参りまして」

何者かとは、ずいぶんぼかした言いかただ。気にかかったが、そのまま先を聞くことにする。

「夜更けのことですから、店の揚げ戸はもちろん閉まっておりました。その戸を誰かが、外から叩いているのです。気づいた女中が誰何すると、相手は熊吉だと名乗ったそうです」

熊吉は、こう言った。江戸が近づいてきたのが嬉しくて宿も取らずに歩き通してきたら、こんな夜更けになってしまった。起こしちまって申し訳ないが、潜り戸を開けてくれないかと。

俵屋の揚げ戸は大の男が二人がかりで、滑車を使って上げ下げする代物だという。簡単には開けられず、夜間の出入りはもっぱら潜り戸というわけなのだが。

なぜか女中は、胸騒ぎを覚えた。熊吉は若旦那と二人連れのはずなのに、その背後に複数の気配を感じたからである。

恐ろしくて臆病窓を開けて外を確かめることもできず、女中は震える声で「若旦那様もいらっしゃいますか？」と尋ねた。すると熊吉は、品川宿に置いてきたと言う。品川には、飯盛女を抱えた旅籠屋が多くある。そこで旅の疲れを落としてから戻ると言って、熊吉だけ先に帰らせたというのだ。

そう聞いて女中は、ますますおかしいと思った。彼女の目に若旦那は、女郎遊びをするような人物に見えなかったからだ。けれどもたんに、見込み違いかもしれない。

「そこで女中は機転を利かせ、『牛膝散！』と問うたそうです」

それは熊吉が小僧のころにはじめた遊びだ。薬の名をふいに叫び、使われている生薬を答えさせる。その習慣が身に染みついており、問われると反射のように答えてしまうのだという。

ところが問われた熊吉は、生薬の名を答えなかった。それどころか「なに言ってんだよ」と、戸惑ったように笑ったそうだ。

間違いない、これは偽物だ。女中は息を大きく吸い込んで、あらん限りの声を上げた。揚げ戸の向こうからチッという舌打ちが聞こえ、バタバタと数人の足音が遠ざかってゆく。女中がうかつに潜り戸を開けなかったお蔭で、俵屋は事なきを得たというわけだ。

「賊かもしれませんから、御番所にも届けてあります。それから旦那様の指示で、こちらにも知らせに参りました。よく知る声に油断して、戸を開けたりしないようにと」

お騒がせしましたと言って、留吉が頭を下げる。

黙って最後まで聞いていたのに、お花には話の流れがよく分からなかった。

「どういうこと？」と、眉根をきつく寄せる。

「だって、熊ちゃんの声だったんでしょう？」

尋ねると、留吉は曖昧に頷いた。

「私は聞いていないので分かりませんが、女中はそう思ったと」

「でも生薬を答えられなかったから、その人は熊ちゃんじゃないのよね？」

「ええ、そのはずです」

熊吉の声はしていても、それは決して熊吉ではない。

なんだか謎かけのようで、お花は目が眩みそうになっていた。

七色の声

一

すっかり夜も更けてしまった。

寒風が首元を吹き抜けてゆき、熊吉は思わず身を縮める。

そろそろ夜四つ（午後十時）が近いはず。通りの両側に建ち並ぶ商家は戸が固く閉ざされており、人通りといえばたまにすれ違う酔客ばかり。北風が直に顔に吹きつけて、耳のつけ根が痛いくらいだ。

前方にぼんやりと見えるのは、夜鷹蕎麦の提灯か。灯火がなんとも温かそうで、近づくにつれ、凍えた鼻先に鰹出汁の香りがふわりと触れた。

江戸らしい、醤油くさいつゆのにおいだ。懐かしさに心惹かれ、「一杯おくれ」と寄りたくなる。けれども今は、先を急ぐ。

歩を進めてゆくうちに、大きく湾曲した日本橋が見えてきた。昼間なら人足や買い物客で溢れ返っているその橋も、今はしんとしている。

ここを越えればすぐ、住み慣れた町である。

「若旦那様、もう少しですね」

熊吉は肩越しに背後を振り返る。半歩後ろにいた俵屋の若旦那が、「ああ」と薄く微笑んだ。その頰は、げっそりと削げている。

年も改まり、寛政十二年（一八〇〇）一月の三日となった。上方に向けて発ってから、すでにひと月半が過ぎている。思ったよりも、時がかかってしまった。

「すまないね。私のせいで、去年のうちに帰れなくて」

「いいえ、そんな」

若旦那に謝られ、熊吉は慌てて首を振る。それよりも、細ってしまったその体が心配だった。

上方でなすべきことを終え、帰路についたのが先月七日のことである。行きは樽廻船に乗せてもらったが、帰りは灘から三条大橋まで出て、東海道を下ってゆくことになった。

大人の男の足ならば、二十日もかからず帰れるところ。しかし途中の藤枝宿で、若旦那が熱を出して寝込んでしまったから大変だ。

おおかた大井川の渡しで、水に濡れたのがいけなかったのだろう。お上のお触れにより橋を架けられないあの川は、川越人足の手を借りて渡らねばならない。

庶民が選べるのは、肩車越しか蓮台越し。蓮台に座ったまま渡してもらう後者のほうがもちろん川越賃が高く、熊吉は自分は肩車越しにすると決めていた。なのになぜか若旦那まで、熊吉と同じでいいと言いだした。

冬期で川の水が少ないとはいえ、人足の肩車で渡れば客も濡れずにいられまい。股引や脚絆を脱いで着物をからげたとしても、真冬の水に足が浸かってしまう。よしたほうがいいと止めても、若旦那は倹約だと言って譲らなかった。そしてまんまと、風邪を引いてしまったというわけだ。

ちょうど旅の疲れが出るころでもあったのだろう。けっきょく療養に四日を費やし、「こんなことなら蓮台に乗ったほうが安く上がったね」と、若旦那は弱音を吐いたものである。

藤枝宿を出てからも、無理のないようゆっくりと旅を進めてきた。本当なら今日も川崎宿あたりで宿を取り、明日の朝江戸に入る心積もりであったのだが。

「日暮れにはまだ早い。このまま江戸まで歩いてしまおう」

若旦那がそう言うものだから、夕餉も取らずに歩き通してきたのである。

焦ってもしょうがないが、気持ちは分かる。若旦那は昨日から売り出しになったはずの、龍気補養丹が気になっているのだろう。

いざとなれば自分が若旦那を背負って行けばいい。そう思い、従った。熊吉も、他の手代に任せてしまった仕事が気がかりだった。

とはいえさすがに夜まで歩くと、足が重くなってくる。足首で結んだ草鞋の緒が擦れて、痛みを覚えた。熊吉でもこれだから、若旦那はそうとう無理をしているはずだ。

だけどもう、あと少し。三井越後屋の黒々とした甍を左手に見つつ、提灯を持って先導してゆく。しんと静まりかえってはいるが、どこもかしこも見慣れた光景である。

生まれ育ったこの町に、無事に帰ってくることができた。しょぼくれた顔ですれ違ってゆく野良犬にすら、江戸者というだけで親しみを覚える。

しかし胸に広がる喜びの中に、一抹の寂しさが紛れ込んでいた。

もうすぐ旅が、終わってしまう。祭りのあとに似た寂寞感が、ひたひたと身に迫ってくる。

熊吉にとって此度の上方行きは、なにからなにまで新鮮で面白かったのだ。

江戸から灘までの往路は、樽廻船。はじめの一日こそ船酔いで使い物にならなかったが、翌日には慣れて水主に交じり働いた。上背も力もある熊吉は重宝され、船頭直々に帆の上げ下ろしや舵の扱いかたを教わったりもした。

船が合わず連日青い顔をしていた若旦那のぶんまで張りきって動いていたら、すっかり気に入られたらしく、うちの水主にならないかと誘われた。読み書き算盤ができるなら、いずれは船頭にもなれるという。

危険を伴う仕事とはいえ、皆で力を合わせて広い海原に漕ぎ出して、困難を乗り越えてゆく様には心躍るものがある。そんな生きかたもあるのかと思えば、ぱっと目の前が開けた気がした。

しかし熊吉は俵屋の手代だ。今は特に、龍気補養丹を売り出すという使命がある。わずかに後ろ髪を引かれたが、水主になるのは来世に譲ることにしよう。

そうやってたどり着いた上方は、目に映るものすべてが面白かった。まず町を行き交う人々の言葉が違う。着ているものも地味好みの江戸よりは、少し華やかなようだ。世話になったお志乃の実家の母親は髪を見たことのない形に作っており、聞けば両輪という結いかたらしい。江戸でいう丸髷のように、既婚の女が結うそうだ。

所変われば、そんなあたりまえの風俗すら違ってくる。

その一つとして、なんと畳の大きさまで違った。寝泊まりするために用意された部屋で、寝転んでみてそれと気がついた。

江戸では畳一畳に寝そべると少しばかり足が出るのに、上方だと充分に余裕がある。

なんでも畳の寸法に合わせて柱を立てる「畳割り」という手法が取られているからで、つまりは家の建てかたが違うのだった。

饂飩のつゆが透明なのも、天麩羅を頼むとかまぼこを揚げたものが出てきたのも、あたりまえに食べる豆腐の柔らかで美味なるも、すべてが楽しくてたまらなかった。

ただし商いに関しては、そのかぎりではなかった。

お志乃のふた親までは、話が早かったのだ。升川屋に持たされた取り次ぎ状のお蔭か、お妙の名前が効いたのか、こちらの要望はするりと聞き入れられた。問題は、その先だ。

上方には酒問屋がない。造り酒屋と消費の場が近いから、間に問屋を入れる必要がないのである。その代わり、各所にある小売酒店に直に売る。これを板看板酒屋というらしい。

お妙は出店という言いかたをしていたが、経営は造り酒屋とは別だ。酒と共に龍気補養丹を卸すといっても、それぞれの店の主から了解を取らねばならなかった。

ならばとさっそく、灘から大坂、それから京へと向かったのだが。

商人の町である大坂では、すぐさま金の話になった。何度も算盤を弾いては、自分たちの儲けを少しでもかさ増ししようとする。一方の京はのらりくらりとして、断っているのか承知したのかはっきりしない。どちらも江戸者同士の阿吽の呼吸が通じなくて、大いに困惑させられた。

その点若旦那は辛抱強く、膝をつき合わせて話をしていた。

船で運んでくるぶん、龍気補養丹の売値はどうしても高くなる。それは江戸では高価な下り酒が、上方ではあたりまえに飲める理屈と同じだ。差額の中にはもちろん、間に入った者の取り分も含まれる。

龍気補養丹を売ったところで、板看板酒屋の取り分は微々たるもの。ならばその代わりにたくさん売れば、取り分の比率が多くなるということにした。

これでどうにかどの店とも、うまく話をまとめられた。自分たちに損がないと分かれば京の商人は安心し、儲けが増えると知ると大坂の商人は目を輝かせた。

上方商人とひと口に言ってもまるで性質の違う彼らを、よくぞ納得させられたものである。熊吉は若旦那の粘り強さに、あらためて舌を巻いた。

ともあれそんな仕事の合間に、京坂を見物できたのはよかった。特に船場の道修町。ここは薬種商の集まる町で、今度の旅で必ず立ち寄りたいと思っていた場所である。

なにせ清から長崎を経て入ってくる唐薬は、すべて道修町の唐薬問屋へ集められ、吟味ののちに値を決められて全国へと流通してゆく。いわばこの国の薬種業の、中心地と言うべき町なのだ。

それらを取り仕切るのが、道修町の薬種商によって組織された薬種中買仲間である。できることなら唐薬の入札の様子を見学したかったのだが、よそ者の熊吉たちには見せてくれなかった。その一点だけが、今も心残りである。

しかし町の人たちが金を出し合い、子弟(してい)や丁稚(でっち)に勉学を教える私塾を作っていたのは大いに参考になった。

丁稚というのは、江戸の商家で言うところの小僧(こぞう)である。つまり俵屋では仕事の合間を縫(ぬ)ってしている勉学の面倒を、町ぐるみで見てくれるというわけだ。

そういった仕組みがあれば、育ち盛りの小僧たちが勉学のために睡眠を削らなくてもよくなる。自学ではなく師がいることで、効率よく学べるようにもなるだろう。

落ちこぼれて辞めてゆく小僧を減らすためにも、この見聞が役に立ちはしまいか。できることなら小僧から手代に上がるために、どの程度の知識を習得すればよいか分かる目安を作れるといい。

頭の中には昨年の夏に出奔(しゅっぽん)して行方(ゆくえ)知れずとなった、長吉(ちょうきち)の後ろ姿がこびりついていた。

二

しんと静まり返った通りを歩き、薬袋を模(かたど)った看板を目印に足を止める。昼間は暖(の)簾(れん)一枚で表通りと接している俵屋も、揚げ戸を下ろし、すっかり寝静まっている。

やっと、帰ってきた。なによりも若旦那を、無傷で帰宅させられたことにほっとしていた。俵屋の跡取(あとと)りになにかあっては、旦那様に詫(わ)びのしようもない。

提灯の明かりの中にぼんやりと顔を浮かび上がらせて、若旦那は満足げに我が家を見上げている。さぞかし疲れているだろうに、熊吉に視線を戻すと、礼を述(の)べた。

「上方までついて来てくれて、ありがとう。私一人では、どうにもならないことばかりだった。助かったよ」

「いいえ、そんな。私こそ、お蔭様で見聞が広がりました」

とんでもないと、熊吉は首を振る。自分が役に立ったのは、体力勝負な場面ばかりだ。そういえばお志乃の実家で酒樽の積み込みを手伝ったときも、膂力(りょりょく)を買われてうちで働かないかと誘われたものだった。

「私はお前がどこかに引き抜かれるんじゃないかと、冷や冷やしたけどね」

「ああ、難波新地で『力士にならへんか』と声をかけられたのは、驚きましたね」

若旦那と顔を見合わせて、熊吉は肩をすくめる。

難波新地は大坂に於ける勧進相撲の地だ。繁華な町を物見高く歩いていたら、相撲好きだという青物屋の隠居に話しかけられた。群衆から頭ひとつ出ている熊吉を見て、これは有望だと踏んだらしい。

ただそれだけで相撲部屋に顔を繋いでやろうという、大坂者特有の人懐っこさが愉快だった。許されることなら今しばらく、上方に留まっていたかった。

「お前はきっと、どこに行っても重宝されるよ」

若旦那が、やつれた頬に笑みを浮かべる。

「体格がよく膂力に優れ、気働きができて愛嬌もある。その上まだ十九になったばかりだ。うちの奉公人にしておくのはもったいないくらいだが、本当に今のままでいいのかい？」

唐突になにを言いだしたのだろうと、熊吉は首をひねる。

たしかにこの旅で、熊吉の世界は広がった。かつては奉公人など浮き草の上に立つようなものと、我が身を卑下したこともある。だが足を滑らせたところで、すぐまた別の浮き草が見つかるかもしれないし、水中でも案外うまく泳げるのかもしれない。

しかしまたこの旅で、足りないものも見えてきた。上方商人の押しの強さと二枚舌に勝るだけの計略を、熊吉は持ち合わせていなかった。若旦那の粘り強い交渉を目の当たりにしておいて、自分はどこに行っても通用するなどと、驕る気にはとてもなれない。

「なにをおっしゃいます。私はまだまだ半人前です。どうかこれからも、俵屋で学ばせてください」

言葉を重ねるうちに、旅の終わりを惜しむ気持ちが鎮まってゆくのを感じる。浮かれている場合ではなかった。明日からはまた、地に足を着けて働かねば。

「そうか。ならこれからも、よろしく頼むよ」

世間がいくら広くとも、熊吉の生きてゆく場所はここだ。江戸での日常に戻る前に、若旦那はその気持ちをたしかめておきたかったのだろう。

「ええ、末永く」

と熊吉は、以前若旦那に言われた言葉をそのまま返した。

「さ、早く入らないと。また風邪を引きます」

店の者を起こすのは忍びないが、朝までこうしていられるわけもない。ただでさえ、若旦那はまだ本調子ではないのだ。

熊吉は下ろされた揚げ戸を拳で叩く。

「はい、どちら様でしょうか」

しばらく待つと、戸の向こう側から誰何する声が聞こえた。臆病窓を開けもせず、やけに愛想のない口調だ。この声は女中のおたえか。安眠を妨げたことについては申し訳ないが、それにしても不機嫌すぎる。

「ただ今帰りました、熊吉です。こんな夜更けに申し訳ないが、三が日のうちに帰りたくて歩き通してきちまってね。悪いが潜り戸を開けちゃくんねぇか」

相手の機嫌を伺うように、熊吉はやんわりと語りかける。

それなのにどうしたことか、戸は開かない。逡巡する気配があり、さらに問いが重ねられた。

「若旦那様は?」

「すぐ後ろにいるよ。お疲れだから、早く休んでもらいたいんだが」

だからまごまごせず早く開けろと、言外ににおわせる。しかしなおも戸は開かない。

返ってきたのは、薬の名を鋭く叫ぶ声だ。

「牛膝散!」

なんだ、生薬の名を答える遊びか。なぜ今そんなことを。しかも牛膝は、おたえが煎じて飲んでしまった生薬ではないか。

釈然とせぬままに、身についた癖でとっさに答えてしまう。

「牛膝、桂皮、芍薬、桃仁、当帰、牡丹皮、延胡索、木香！」

戸の向こうは、再び沈黙。いい加減苛立ってきたころに、臆病窓がそろりと開いた。

その隙間から覗いたのは、おたえの顔ではなかった。前に突き出た額が目立つ、手代の留吉である。

「本物だ。開けてやんな」

若旦那への挨拶もなしに、顎をしゃくるようにして指示を出す。やがて胸よりも低い高さにある潜り戸が、おっかなびっくりに開いた。

なぜこれほども、警戒されているのか。本物とはどういうことだ。

熊吉は背後を振り返り、若旦那と共に首を傾げた。


「へ、オイラの、偽者？」

足を濯いだだけで旅装も解かず、空きっ腹に湯漬けを掻き込んだ。

体が温まり、やっとひと息つけたと思ったのに、ゆっくり寛ぐこともできやしない。

数日前の出来事を知らされて、熊吉は己の鼻先を指差した。驚きのあまり、言葉を改めるのも忘れていた。

俵屋の、奥の間である。おたえが火鉢に炭を熾してくれたお蔭で、部屋の中は暖かい。正面には寝間着姿の旦那様が、褞袍を羽織って膝を崩している。

それは先月の、二十八日のことであったという。やはり夜更けに、熊吉を名乗る何者かが訪ねてきた。応対したおたえに、先ほどとほとんど同じ口振りで戸を開けてくれと頼んだそうだ。

しかしおたえが機転を利かせ、熊吉本人ではないと見破った。あらんかぎりの声で叫ぶと、揚げ戸の向こうで待ち構えていた何者かは慌てて逃げ去っていった。足音からして少なくとも、四、五人はいたようだという。

「それは、開けちまったら大変なことになってたんじゃ――」

熊吉が呟くと、隣に座っていた若旦那が寒さを覚えたように我が身を抱いた。

旦那様が、「そうだろうね」と頷く。

「下手すりゃ私も、今ごろはここにいなかったかもしれないね」

夜更けに人の名を騙って潜り戸を開けさせようとする連中が、善良であるはずがない。おおかた店に押し入り、金品を強奪しようとする賊であろう。盗られるのが金目の物だけならまだいいが、家中皆殺しというむごたらしい結果に終わることもある。

旅から無事に戻ってきたものの、帰るべき家がなくなっていたかもしれない。そう思うと、体の芯から震えがきた。

「二十八日なら、我々はまだ沼津あたりにおりました。そいつが熊吉であるはずがありません」

若旦那が表情を硬くして、熊吉の身の潔白を明かしてくれる。沼津から江戸までは、簡単に行って帰れる距離ではない。

「ああ、それはこちらでも分かっているよ。ただね、熊吉には心当たりがあるんじゃないかと思ってね」

そう言って、旦那様がまっすぐに見つめてくる。だから熊吉も、姿勢を正して見つめ返した。

心当たりと言われても、まったく身に覚えがない。だがそう問われるということは――。

「その偽者とやらの声が、よっぽど私と似ていたんですね」

確かめるように尋ねると、旦那様は深く頷いた。

「もっとも聞いたのは、おたえだけなんだがね。うっかり戸を開けてしまってもおかしくないくらいには、似ていたそうだよ」

自分と声の似ている誰か——。生憎熊吉にはすでに親がないし、身近な親戚も兄弟もいない。だからその線で、声の質を同じくする者には思い当たらない。

だとしたら、他人の声真似か。しかし誰にでもできる芸当ではないし、真似をするには相手の声をよく知らねばならない。熊吉はその何者かと、言葉を交わしたことがあるのだろうか。

「他に、押し込みに遭った家はあるんですか？」

若旦那が声を曇らせて尋ねる。人死にが出ているかもしれないと、胸を痛めたのだろう。

幸いにも答えは否だった。賊どもは俵屋の襲撃をし損じて、他に押し入るでもなく息を潜めているらしい。

だとしたら、恐ろしいことに思い至る。熊吉は旦那様に、いま一度確かめた。

「ということは、俵屋は前々から目をつけられていたんですね」

そうでなければ説明がつかない。その何者かは、若旦那と熊吉が旅に出ていて留守なのを知っていた。そしてそろそろ戻ってきてもおかしくはないころに、熊吉のふりをして訪ねてきたのである。

きっと旅に出るより前から、そいつは熊吉の周りをうろうろしていたのだ。声色まで盗んでいるのだから、下調べと準備にそれなりの時を費やしている。他でもなく、俵屋が狙われたのだ。これは、富家ならば手当たり次第に押し入るような賊ではない。

「ただ、すみません。近ごろ怪しい奴が近づいてこなかったかと思い返しているのですが、本当に心当たりがないんです」

熊吉は声が低いから、女が声真似をするのは無理がある。ならばとこの数ヶ月で言葉を交わした男の顔を思い出せるだけ思い描いてみても、仕事相手の薬屋が大半で、疑わしい人物に行き当たらない。

普段縁のないところに立ち入ったといえば、龍気補養丹を置いてもらえないかと期待して訪れた吉原くらいのものか。だがいくらなんでも吉原の楼主たちが、盗賊の片棒を担いではいないだろう。

「そうですか、ならしょうがない。疲れただろうから今日のところは、もう寝なさい」

もやもやとしたものは残るが、これ以上頭をひねったところで収穫はなさそうだ。たしかに熊吉は、長旅の後で疲れている。もしかするとひと晩眠れば、なにか思い出すかもしれなかった。

上方行きの成果を報告するため、若旦那はいましばしここに留まるようだ。熊吉は「失礼します」と畳に手をつき、立ち上がる。

だが奥の間を辞す前に、「ああ、そうだ」と旦那様に呼び止められた。

「賊はお前の声色を使えることが分かっているから、念のため留吉を走らせて、つき合いのある家々に事情を知らせて回ったんだよ。明日は帰府の挨拶も兼ねて、お騒がせしましたと顔を見せに行きなさい」

それもそうだ。熊吉の声色に騙されて戸を開けてしまいかねないのは、なにも俵屋ばかりではない。

ありがたい配慮に、熊吉は「かしこまりました」と深く頭を下げた。

今宵は三日月。眉月とも呼ばれるだけあって、その細さでは夜を照らすのに心許ない。しかもそれさえ沈んでしまい、頼りになるのは星明かりのみである。

熊吉は、元来夜目が利く性質だ。奥の間の隣にある中の間に、そっと忍び入ってゆく。

すでに真夜九つ（午前零時）の鐘を聞いた。旦那様と若旦那は話を切り上げて床に就いたらしく、奥の間の明かりも落とされている。

早く寝なければ、明日の仕事に差し支える。だが体は疲れているのに、頭の中がうるさくて眠れない。寝ようとしても、気づけば誰に声色を盗まれたのだろうと考えてしまう。

嫌な話を聞いて、気が昂ぶっているのだ。暗い室内に目を慣らしてから、奥へと進む。この部屋は来客用に、床の間を作ってある。違い棚には漆塗りの籠桶が置かれており、熊吉は障子紙の貼られた覗き窓をそっと開けた。

止まり木の上で小さな鳥が、自らの羽に顔を埋めて眠っている。鶯のヒビキである。元は旦那様が日中を過ごす奥の間に置かれていたが、薬作りに精を出すようになってからは、生薬のにおいがこもって苦しかろうと、こちらに移されたのである。

こいつも無事に、年を越せたか。

ほっとして、頬が緩む。眠りに就けぬほどの心の乱れを小鳥に癒やしてもらおうとするなんて、我ながら小さい男である。

とはいえヒビキも、年が明けて九つになった。若いころは只次郎にあぶりを入れてもらい新春から鳴かせていたものだが、もう無理はさせたくないと、六つを過ぎたころからやめている。

今年は藪鶯が鳴く頃合いになっても、ヒビキがうまく鳴けるかどうか分からない。

すでにそのくらいの歳なのだ。冬を越すことができずに、死んでしまう恐れもあった。だからこうして、共に歳を重ねられたことが嬉しい。熊吉はべつに、只次郎のように鶯稼業に励んでいるわけではない。鳴かなくたっていいから、ちょっとでも長生きしてくれよと祈り、覗き窓を閉めた。

ほどなくして、背後の障子が開く。最前から、気配には気づいていた。振り返ると、女中のおたえが手燭を持って立っている。

「あの、すみません。お部屋に入ってゆくところが見えたので」

おどおどした態度は、相変わらず。だからこそ夜更けの来訪者を、本物かどうか疑ったのだろう。いわば彼女の臆病さが、俵屋を救ったとも言える。

「ああ、おたえさん。どうした、眠れないのかい？」

自分のことを棚に上げて、尋ねてみる。おたえは小さく首を振った。

「私はただ、厠に立っただけで」

そうは言っても、少しも眠そうにしている様子はない。きっと、夜具の中で輾転としていたのだろう。

無理せず明日の朝に帰っていれば、おたえを無駄に怯えさせることもなかったろうに。申し訳ないことをした。

「すまねぇな。大変なことがあったとも知らず、夜遅くに帰ってきちまって」

熊吉が詫びると、おたえは気味が悪そうに眉をひそめる。考えていることは、なんとなく分かった。

「そんなに似ていたのかい？」

問われておたえは、ハッと息を呑んだ。それから「ええ」と目を伏せる。

「とても、よく似ています。声だけでなく、口調や喋る速さまで同じで――」

たしかにそれは、薄気味悪い。どうやら何者かは熊吉のことを、とっくりと観察していたようだ。

「本当に、どこのどいつなんだろうなぁ。心当たりがなさすぎて、嫌んなるよ」

熊吉は、首の後ろを掻きむしる。案外姿を表さず、物陰からじっと見ていただけかもしれない。どちらにせよ、得体が知れなかった。

「ともあれおたえさんはお手柄だったな。なにか、褒美をもらったかい？」

「とんでもない。私なんかには、身に過ぎたことです」

聞けば旦那様から褒美はなにがいいかと聞かれたが、おたえは固辞してしまったという。素直にもらっておけばいいのに、変なところで意固地な人だ。

昨年の夏に長吉絡みで騒ぎを起こしてしまってから、おたえはずっと居心地が悪そうにしていた。若い娘として知られたくないことまで知られてしまい、毎日が針の筵(むしろ)であったろう。だからよけいに褒美など、考えられなかったのかもしれない。

「過ぎちゃいねぇよ。旦那様と俵屋の皆を守ってくれて、ありがとう。このとおり、礼を言うよ」

突っ立ったままではあるが、熊吉はその場で深く頭を下げた。

ふた親を早くに亡くし、さらに親代わりとなって育ててくれた旦那様まで失ってしまうところだった。おたえには、感謝してもしきれない。

「そんな。私はただ、恐くなって声をかぎりに叫んだだけで」

「だとしても、胸を張りな。アンタは俵屋の恩人だよ」

これしきの言葉で、おたえの心が救われるかどうかは分からない。それでも彼女が忘れてしまわないように、恩人だと伝え続けよう。そうしていつかはここにいることを、あたりまえに感じてくれるといい。

今のおたえはまだ感謝を受け止めきれず、目をキョロキョロさせて戸惑(とまど)っている。

熊吉は口元に笑みを浮かべてから、わざとらしく欠伸(あくび)をした。

「さて、お互いもう寝なきゃ、明日が辛(つら)いな。おたえさん、先に行きな。別々に出てったほうがいい」

店の者が寝静まった深更に、二人きりでいるのはあまり褒められたことではない。促すとおたえは「すみません」と焦りだし、身を翻して廊下に足を踏み出した。

「あの、ありがとうございます」

肩越しに振り返るとそう言い置いて、去ってゆく。手燭の灯が遠ざかり、先ほどよりも深い闇が戻ってきた。

「だから、礼を言うのはこっちだってば」

熊吉は独りごち、自分も奉公人用の長屋へと引き上げる。

どうやら気の昂ぶりは、収まってきたようだ。寒さに震えながら夜具に潜り込むと、今度こそ本物の欠伸が出た。

三

旅の疲れが残っているのか、なんとなく足が重い。

それでも優雅に休んでいられる身分ではなく、熊吉は朝早くから江戸中を歩き回った。旦那様の言いつけどおり、各方面に無事帰りましたという挨拶と、詫びを入れるためである。

留吉にどこを回ったのかと聞いてみると、受け持ちの薬屋のみならず、つき合いのある旦那衆、浅草、両国、神田の売弘所、それからお梅の家である日本橋本船町の宝屋まで、気がかりな家にはすべて事情を話してあった。

お蔭で熊吉の大事な誰かが、傷つかずに済んだのかもしれない。あらためて礼を述べると留吉は、「べつにお前のためじゃねぇ。旦那様の命令だ」とそっぽを向いた。

そうだとしても、急を知らせるために走り回ってくれたことに変わりはない。熊吉に嫌がらせばかりしてきたこの男に、借りを作る日がくるとは思ってもみなかった。

忙しなく挨拶回りをこなしてゆくうちに、冬の弱々しいお天道様は、早くも西へと傾きかけている。さて残すは神田にある龍気補養丹の売弘所、すなわち居酒屋『ぜんや』である。

今後は売弘所の管理も、熊吉の仕事となった。売れた分を補充して、売り上げを集めてゆく。売弘所の取り分は、後に俵屋からまとめて支払われる。

そのためにこれからは、『ぜんや』に顔を出す機会が増えそうだ。ならばいっそ昼時に回るようにすれば、ついでに昼餉が食べられる。

手代の給金など微々たるものだから、さすがに毎日は厳しいが。七日に一度の楽しみと決めれば、仕事にも精が出るというものだ。

熊吉の腹具合からして、そろそろ八つ時というところ。『ぜんや』の昼の賑わいも、落ち着いてきた頃合いだろう。

そんなことを考えつつ御成街道を北へゆき、神田花房町代地に足を運ぶ。障子看板の出ている間口二間の小店の前に立つと、故郷に帰ってきたかのような温もりが、手足にまでじわりと広がっていった。

嗅ぎ慣れた出汁と、醬油のにおい。上方の飯が口に合ったのは、堺の出であるお妙の料理を食べつけていたからかもしれない。江戸の味と上方の味を、お妙はうまく使い分けている。

料理のにおいを胸いっぱいに吸い込んでから、熊吉は表の戸を開けた。

昼餉の波は、やはり落ち着いた後らしい。

客は小上がりにひと組だけ。入り口近くの銅壺にちろりを沈めていたお花が、面を上げて「あっ！」と目を見開いた。

「熊ちゃん、本物？」

本物に決まっているが、お花にはいったいどう見えているのか。熊吉は己の頬をぺたぺたと触って確かめる。

床几に掛けて煙管を使っているお勝が、呆れたように煙を吐いた。

「なに言ってんだい。こんなでかい男が、そうそういてたまるかってんだ」

「そうよ、お花ちゃん。見た目まで熊ちゃんに似せるのは、どだい無理な話よ」

調理場に立つお妙まで、見世棚越しに言い聞かせている。

ひと月半ぶりにやっと帰ってきたというのに、ご挨拶だ。熊吉は大袈裟に顔をしかめた。

「なんだよ、まずは『お帰り』だろ。せっかく買ってきた京土産、やらねぇぞ！」

「こんないい男に化けられる奴なんざ、いやしないよ。ねぇ」

さすがお勝は、変わり身が早い。お花とお妙が笑いだし、熊吉もしかめっ面を作っていられなくなる。ここに来るとつい、子供に戻ったかのように甘えてしまう。

「お帰りなさい」

お花がそう言ってくれたから、熊吉は「ただいま」と頷いた。心の底から、帰ってこられたという気がした。

「聞きましたよ、熊吉。大変だったらしいね」

小上がりから声がかかりそちらを向くと、客は白粉問屋の三文字屋だった。熊吉は俵屋の手代の顔に戻り、丁寧に腰を折る。

「こちらにお越しでしたか。先ほどお詫びかたがた、小舟町に伺ったところです。此度はお騒がせをいたしまして、まことに申し訳のないことで」

「いやいや、すぐ知らせてくれたお蔭でこちらも用心できましたし、幸いなにごともありませんでしたよ」

「だとしても、今後も声真似にはお気をつけください」

「大丈夫です。うちでは奉公人たちに、夜間の来客は泥棒と思ってかかれと教え込んでいますから」

鼻の横のホクロをうごめかせ、三文字屋はホッホッと笑う。見た目は優男だがこのお人は、たまに恐ろしいことを言う。

「うちもまぁ、特に何事もなかったよ。用心のためしばらくは、『春告堂』で一人寝をする羽目になったけどね」

三文字屋と差し向かいに座り、酒の相手をしていたのは只次郎だ。正月気分が抜けていないのか、昼間からずいぶん顔が赤い。

「なんだ兄ちゃん、ついにお妙さんに養われる身になっちまったか」

「嫌なことを言うね、この子は。仕事がちょっと落ち着いたから、ゆっくりしてるだけじゃないか」

鶯のあぶりも終わり、年が明けて商家はやっと動きだしたところ。鶯指南も商い指南も、さほど忙しくない時期である。そのあたりの事情は、『春告堂』で働いたことのある熊吉にも分かっている。

ここも無事だったようで、なによりだ。熊吉の偽者は俵屋以外眼中になかったのか、それともこちらが先手を打ったのを知って諦(あきら)めたのか。どちらにせよこれからも、用心するに越したことはなかった。

こっちに来なさいと三文字屋に手招きされ、熊吉は素直に下駄(げた)を脱ぐ。背負っていた風呂敷包みを下ろし、小上がりに腰を落ち着けた。

「酒はやめとくかい？」

なんたる手抜き。お勝が床几に掛けたまま、注文を取ろうとしてくる。

変わらぬいつもの『ぜんや』である。熊吉は呆れ笑いを浮かべながら、風呂敷の荷を解いた。

「うん、飯とお菜だけおくれ。でもその前に、仕事を済ませちまおう」

風呂敷の中身は小ぶりの行商箪笥(だんす)。抽斗(ひきだし)のなかには龍気補養丹をはじめ、様々な生薬が入っている。

「お妙さん、龍気補養丹はどのくらい売れた？」

熊吉たちが不在のうちに、薬の販売ははじまっている。お妙はなぜか困惑顔で、濡れた手を前掛けで拭きながらやってきた。

「それが、二日に卸してもらった分がもうないの」

「ああ、そうか。魚河岸の兄ちゃんたちが買ってってたんだな」

『ぜんや』の常連である魚河岸の男たちは、試し薬のころに龍気補養丹を飲んでいる。そのときの具合がよかったのか、商品になってもちゃんと金を出して買ってくれたのだろう。

ありがたいことだ。そんなこともあろうかと、補充分を多めに持ってきておいてよかった。

「いや、それだけじゃなくってね」

お勝が煙草盆に灰を落とし、苦笑する。他になにかあったっけと首をひねっていたら、只次郎が言いづらそうに切りだした。

「あのほら、年末に俵屋で配った引札が好評でね」

ああ、そうだった。薬の宣伝のために、たっぷりと摺っておいた引札。あれに描かれた仙女の顔は、お妙にそっくりなのだった。

決まりが悪そうにしている只次郎に代わって、三文字屋が後を引き取る。

「うちの白粉袋の絵とも似ているので、お妙さんの写し絵だということがすぐに広まってしまって。どうせなら仙女の手から買おうじゃないかという客が、次々にやって来たそうですよ」

三文字屋の白粉袋も、龍気補養丹の引札も、どちらも勝川某あらため北斎なる絵師の手によるものだ。しかも引札に至っては、絵師が描き溜めておいた下絵を勝手に使ったらしい。

「私は、聞いていませんでした！」

と、そりゃあお妙も怒るはずである。只次郎が、両手で拝むようにしながら頭を下げた。

「本当に申し訳ありませんでした。このとおり！　でも私だって引札が摺り上がってくるまでは、あんな図案だとは知らなかったんですよ」

一昨日からこのやり取りは、幾度となく繰り返されているのだろう。お妙の腹の虫はまだ収まらぬらしく、ぷいとそっぽを向いてしまう。

私が叱られればいいだけだと只次郎は余裕ぶっていたが、本当に大丈夫なのだろうか。火鉢の近くにいるわけでもないのに、額にびっしりと汗を浮かべている。

お花が燗のついたちろりを運んできて、小上がりに置いた。仲違いをしている養い親二人を見比べて、ぽつりとひと言。

「これは、只次郎さんが悪いと思う」

容赦のない追い打ちである。愛娘から悪者にされ、只次郎はがくりとうなだれてしまった。龍気補養丹を売り出すため知恵を絞ってくれたというのに、これではあまりに哀れである。

「ええっと、じゃあ京土産を配ろうかな」

場の流れを変えようと、熊吉は努めて明るく振る舞う。

「待ってました！」と、お勝が伸び上がって手を叩いた。

四

お勝には縮緬の煙管筒、お花には懐に入るくらいの小さな巾着袋、お妙には京紅。なけなしの給金で買った土産物を並べてゆくと、女たちから歓声が上がった。

「うさぎ！」

お花が巾着袋を目の高さに持ち上げて、目を輝かす。端切れを使った安物とはいえ、一応は西陣織だ。花と兎をあしらった模様は、名物裂の一種だという。

「鼻水垂らした小僧だった熊吉から、土産をもらう日がくるとはね。ありがとう、大事にするよ」

お勝はさっそく愛用の煙管を、筒に入れて胸元に挿した。『ぜんや』に出入りしはじめたころにはもう、熊吉は鼻水など垂らしていなかったはずなのだが。お勝の目には、そう見えていたのだろうか。

「私にまで気を遣わなくてよかったのに。でもありがとう。使わせてもらうわね」

京紅は高いから、ほんのぽっちりしか買えなかった。それでもお妙は機嫌を直し、にっこりと笑っている。

実は若旦那に少しだけ金を借りたけど、皆の喜ぶ顔が見られるなら安いもの。買ってきてよかったと満足していると、只次郎に横から袖を引かれた。

「あの、私には？」

「え、ねぇよ。あたりまえだろ」

その代わり、土産話ならたんとある。上方商人の気質や江戸とは違う商いの習慣を話して聞かせると、只次郎はたちまち前のめりになった。三文字屋も、興味深そうに頷いている。

話をしながら売り切れになっていた龍気補養丹の補充をし、売り上げを預かる。そうこうするうちに、お花が折敷を運んできた。

「これが子持ち飯蛸と里芋の煮物、それから小松菜と油揚げの煮浸しに、牛蒡と蒟蒻のきんぴら。箸休めは柚子大根の甘酢漬けね」

いつの間にか料理の説明から、たどたどしさが抜けている。これに炊きたての飯と、長芋の味噌汁がついてくる。

久方振りの、お妙の料理だ。己の腹の音を聞きながら、熊吉はさっそく飯蛸煮を頬張った。

「うめぇ……」

思わず目頭を押さえてしまうくらい、旨い。

飯蛸は小型の蛸である。胴に目一杯詰まった卵が粒立っており、もっちりとした歯応えだ。くるんと反り返った脚の柔らかな弾力と合わさって、口の中が賑やかである。濃口醤油と味醂でこっくりと煮られ、これは紛うかたなき江戸の味。炊きたての飯が進むことこの上ない。

濃いめの味に舌が疲れてきたころに、箸休めの柚子大根を齧る。これは上方らしい味。爽やかな酸味と柚子の香気に、味覚がきゅっと引き締まる。

只次郎と三文字屋は、すでにお菜を食べ終えているのだろう。旨さに悶絶する熊吉に、共感の眼差しを向けてくる。

「美味しいですよね、この時期の飯蛸は。子供のころは私、台所方がこの小さな胴に糯米を詰め込んでいるんだと思っていましたよ」

三文字屋が、飯蛸の胴の断面に目を落とす。それが名前の由来なのだろう。飯蛸の卵は、飯粒にそっくりだ。ゆえにこの卵のことを、飯とも呼ぶ。

「そっくりといえば熊吉は、己の偽者に心当たりはあるのかい？」

会話が巡って、賊の話に戻った。熊吉は只次郎に向かって首を振る。

「いいや。旦那様にも聞かれたけど、さっぱりだ。ひと晩寝てみても、ちっとも思いつかないや」

「そうなの。気味が悪いわね」

と、眉をひそめたのはお妙だ。酒の代わりに番茶を淹れて、膝先に置いてくれた。

「だけど人の声をそっくり真似するなんて、普通できるのかな」

お勝の隣に並んで座り、お花が不安そうに前掛けを弄んでいる。

盃を口元に運びながら、只次郎が「できるよ」と頷いた。

「普通とは言えないけれど、声色を使う芸人はいるよ。他人の声や動物の鳴き声を真似るんだ。あとは芝居役者の台詞回しとかね。以前、寄席で見たことがある。上手いもんだよ」

「えっ、只次郎さんだけずるい」

「いやいや、つき合いだよ。商い指南のお客さんに誘われて観に行ったというだけで――」

「あら、ずるいですよね」

得意げに語りだしておきながら、墓穴を掘っている。お妙にも仕返しとばかりに責められて、只次郎は近いうちにお花を寄席へ連れて行くと誓わされてしまった。

さて、話が逸れた。熊吉は口元に手を当てて、「うーん」と首を傾げる。

「芸人かぁ。ますます心当たりがねぇや」

寄席にまで行かずとも、江戸の町には様々な門付芸人がいる。しかしそういった者たちと、まともに言葉を交わした覚えがなかった。

考え込んでいるうちに、表の戸が開いて新たに客が入ってきた。なにげなく振り返ってみて、驚く。久し振りに会う御仁である。

「ああ、なんだ熊吉。帰ってやがったのか。てめぇ、大変なことになってるぞ」

身分に似合わぬ、砕けた口調。着流しに大小二本を差した柳井様が、筒状に丸めた紙を手にして近づいてきた。

「まったく、昼間ならこの武士崩れに会わずに済むと思ったのに、なんでいやがるんだ。お妙さんに養ってもらうことにしたのか？」

小上がりの縁に腰掛けて、柳井様は三文字屋に注いでもらった酒をクイッと飲み干す。「旨いねぇ」と目元を緩め、立て続けに三杯。同時に只次郎を腐すことも忘れない。

「どうして柳井様も熊吉も、同じことを言うのだろう。二人とも性根がひん曲がってるからでしょうか」

「なんだと、てめぇ」

長いつき合いだから、知っている。これは喧嘩ではなく、戯れている。

性根がひん曲がっていると言われた熊吉も、負けじとばかりに言い返した。

「なぁに、兄ちゃんほどじゃないさ」

「ああ、そうだな。違いねぇ」

柳井様がすぐさま熊吉の味方につき、不利になった只次郎は「おお、やだやだ」と肩をすくめた。

こんな子供じみた言い合いを止めもせず、ホホホと笑って見ている三文字屋がけっきょく一番の大物である。

「柳井様、どうぞ草履を脱いでお上がりください。すぐなにかお持ちしますね」

お妙が気を利かせ、小上がりで寛ぐよう勧める。しかし柳井様は、「いや、違うんだ」と首を振った。

「今日はちょっと、聞きたいことがあってよ」

そう言って、右手に握っていた紙を広げる。墨一色で描かれた、何者かの似顔絵のようである。

「誰かこいつに、見覚えはないか？」

皆で顔を寄せ、まじまじと絵を眺める。貧相な顔の男である。頭の鉢が張っているのに顎は尖り、目が離れているものだから、蟷螂によく似ている。

「あっ！」と、真っ先に声を上げたのは意外にもお花だった。

「ばくちこきの人！」

それはいったい、どんな奴だ。

意味が掴めず困惑する熊吉をよそに、柳井様は深く頷いた。

「ああ、やっぱりそうか」

なんでもこの蟷螂男は、近ごろ『ぜんや』によく顔を出していた客なのだという。

馬面剝を「ばくちこき」と呼んだことから、おそらく越中の出であろうことまで推察されていた。

柳井様はたった一度だけ、この男と店ですれ違ったことがあるという。それだけでぼんやりと顔を覚えていたというのだから、驚くほど見覚えがいい。やはり吟味方与力という肩書きは伊達ではない。

「でもこの方が、どうしたっていうんです？」

お妙が解せぬという顔で、柳井様に問いかける。こんな人相書ができているということは、蟷螂男はなんらかの罪を犯して追われる身なのかもしれない。

「ああ、こいつは声色芸人だ」

「ええっ！」

ついさっき、声色を使う芸人もいるという話をしたばかり。柳井様は眼差しを鋭くして、幾分声を低くした。

「芸名を、七声の佐助という。浅草の奥山を根城にしていたが、半年ほど前から行方知れずだって話だ。そんな奴がなんだって、『ぜんや』に出入りしてやがるんだろうな」

浅草寺の裏手にある奥山は、見世物小屋や辻芸人が集まる遊興の地である。つまり柳井様も声色芸人に目をつけて、江戸中の興行場を回って聞き込みをしていた。そうして浮かび上がってきたのが、この七声の佐助というわけだ。

「吟味方与力ってのは、そんなことまでしてくださるんですね」

「いいや、俺はもう隠居した。暇になったもんで、あちこち嗅ぎ回っているだけだ」

御番所の骨折りに感動したのもつかの間、柳井様はあっさりと首を振る。なんと熊吉が旅に出ているうちに、息子に跡目を譲ったそうだ。

「自由すぎますよ」と、これは只次郎でなくとも呆れる。

ひとまず頭を整理しよう。声色芸人の佐助は、奥山で人の声真似をして身を立てていた。そいつが半年ほど前から姿を消し、なぜか『ぜんや』に現れる。これははたして、偶然なのか。

「もしかして熊吉は、この店で声色を盗まれたんじゃありませんか?」

三文字屋が、ごくりと唾を飲み込んだ。

居酒屋ならば、面識のない他者が近くに居合わせても自然である。隣の客が会話に聞き耳を立てていたとしても、きっと気づきはしないだろう。

熊吉は人相書にじっと見入った。言われてみれば、見覚えがあるような気もするのだ。けれども錯覚でないとは言い切れない。

「思い出した！」

ふいに只次郎が膝を叩いた。急に酔いが覚(さ)めたらしく、顔色が戻っている。その顔を、熊吉の鼻先にずいと寄せてきた。

「龍気補養丹の引札の見本を引き取って、この小上がりで飲んでいたことがあったろう。夕餉どきで店は混んでいて、ふらりとやって来た一人客のために、私たちは席を詰めてやった。そのときの客だよ」

そんなことが、あっただろうか。熊吉は目を瞑(つむ)り、両のこめかみを揉(も)む。瞼(まぶた)の裏にぼんやりと、蟷螂に似た男の風貌(ふうぼう)が浮かび上がった。そいつがぺこりと、会釈(えしやく)を寄越(よこ)してきた。

「ああ、あった」

ぱちりと目を見開いて、呆然(ぼうぜん)と呟く。

あれは昨年の、十一月だ。若旦那様と只次郎と熊吉で、五郎兵衛町(ごろべえちよう)の摺師(すりし)に頼んでおいた引札を見に行った。その後のことである。

蟷螂男は熊吉たちの、すぐ隣に座った。混んでいたから距離が近く、会話は充分に聞き取れたはず。声色を盗まれたとしたら、あのときだ。

「七声の佐助はその才を買われて、盗賊の一味に引き抜かれたんだろう。そしてここで熊吉の声色を盗み、俵屋に押し込もうとした。熊吉が上方に向かったことも、いつごろ帰るかってのも、酒を飲みながら聞き耳立ててりゃ噂話で分かっちまう。だから奴は、『ぜんや』に出入りしてたってわけだ」

柳井様が人相書の端を指で叩き、一同をぐるりと見回した。

「そういやこの人、ここ数日は見てないね。『ばくちこき』と呟いた日から、来てないんじゃないかい」

お勝の発言に、柳井様は深く頷く。

「なら、二十八日だな」

俵屋に熊吉の偽者が現れたのは、その日の夜。おそらく七声の佐助とその仲間たちは、機は熟したと判断したのだ。

「だったらもう、うちには来ないだろうね」

この期に及んでしれっと飯を食べにきたなら、そいつは稀代の大馬鹿者だ。お勝の言に、お花がほっとしたように胸を撫でた。

しかしお妙はまだ、顔色が悪い。小刻みに震える手で、前掛けをぎゅっと握る。

「待ってください。七声の佐助は、人の話を近くで聞いただけで声真似ができるんですか」

「さぁな。芸人仲間の話では、真似のしやすい声としづらい声があるそうだが。そいつの元の声音にもよるんだろう」

柳井様の言うとおりであれば、佐助にとって熊吉は、真似のしやすい声だったのか。ならば、只次郎や若旦那は？

お妙の危惧（きぐ）するところを悟り、熊吉は慌てて立ち上がった。

「こうしちゃいられねぇ。お妙さん、飯のお代はまた今度！」

財布を取り出す余裕もなく、下駄を履（は）いて一目散に走りだす。只次郎も「お妙さん、私も行ってきます」と土間に飛び下りたようだが、熊吉は振り返らなかった。

佐助が若旦那や只次郎の声色も盗んでいたとしたら、その声を使って他の家に押し入ることもできる。被害は今のところないようだが、それでもこの先どうなるかは分からない。

やるべきことは、熊吉のときと同じだ。油断して戸を開けぬよう、各家々に注意をして回らねば。

まったく、冗談（じょうだん）じゃないぜ。

疲れの残る体に鞭打（むちう）って、熊吉は江戸の町を駆け抜けてゆく。

くれない

一

素焼きの鉢を三つ、表に出して水をやる。

朝の日を受けて水滴がきらきら煌(きら)めき、小さな葉っぱの上をすべり落ちてゆく。その様を宝玉のようだと思いつつ眺め、可憐(かれん)な紫色の花にそっと顔を寄せた。

控(ひか)えめだが、うっとりするような甘い香り。幸せな気持ちでお花(はな)は目を細める。愛らしい、菫(すみれ)の花である。

一年前にお妙(たえ)に贈った菫から種を取り、植えておいたものが芽を出し花をつけた。鉢の数も三つに増え、四月ごろまでは次々に花を咲かせてくれることだろう。

春の気配が濃くなった、如月(きさらぎ)十日。吹く風のにおいまでなんだか甘い。腰を反(そ)らせて胸いっぱいに息を吸い込んでいると、隣の『春告堂(しゅんこくどう)』から「ホー、ホケキョ！」と鶯(うぐいす)の囀(さえず)りが響いてきた。

預かりの鶯が増えてきた時期ではあるが、ハリオの声はやはり他とは一線を画しており、よく通る。たまたま通りかかっただけの人も、足を止めてきょろきょろと周りを見回している。

すでに九つというのに、ハリオの声には歳を感じさせぬ艶がある。今朝も出来たての練り餌を元気に食べており、只次郎の心配をよそに、まだまだ長生きするのではないかと思う。お別れは悲しいから、ぜひそうあってほしいものだ。

菫の花弁からしたたりそうな水滴を指で弾き落としてから、如雨露代わりの土瓶を手に店の中へと引き返す。見世棚にはお花が鶯の世話をしている間に届いた魚介や青物などが並んでおり、お妙が献立に頭を悩ませていた。

「蕗の薹は天麩羅、青柳の剝き身は分葱と和えてぬたにしようかしら。独活は酢味噌和え——って、和え物はもうあるから、お吸い物がいいわね」

首を傾げ、ぶつぶつと呟いている。お花は土瓶を置き、水瓶の水で手を洗ってからその隣に並んだ。

大きな竹笊の上に、はち切れんばかりに腹の膨れた魚が寝かされている。そろそろ旬も終わりかけの、鱈である。大食らいの魚だから、「たらふく」という言葉にはこの魚の字を当てて「鱈腹」と書くのだと教わった。癖のない淡泊な味なのに、意外と貪欲なのである。

「ねぇ、お花ちゃん。鱈はどうしようかしら」

お妙が首を傾げたまま、お花に意見を求めてくる。鱈は冬の魚だから、ここ三月(みつき)ほどはよく食べた。鱈の西京焼きに、酒蒸し、白子(しらこ)の湯引き。擂(す)り身にして揚(あ)げたりもした。だからそろそろ、料理が思いつかなくなってきているのだろう。

「ええっと、お鍋(なべ)かな」

お花はちょっと考えて、一番好きなものを答えた。白子や肝(きも)も一緒に煮て、酢醤油(すじょうゆ)や橙(だいだい)の汁でさっぱりと食べる。体もあったまって、一石二鳥だ。

そう考えて、「あっ」と口元を手で押さえる。

「あんまり、春らしくないね」

ついさっき、春の気配が濃くなったと感じたばかり。お妙が練っている献立(こんだて)も、すべて春めいているではないか。それなのに鱈の鍋とは、季節が逆戻りしたかのようだ。

「そうねぇ。だけど、春菊と合わせて小鍋立てにしてしまえばいいわ」

うん、そうしましょうと、お妙が手を打ち鳴らす。大きな土鍋で煮るのは仰々(ぎょうぎょう)しいが、たしかに小鍋立てなら手軽に食べられる。

「本当に、いいと思う?」

しかしお花は落ち着かない。お妙は優しいから、さほどの妙案と思わずとも受け入れてくれたのかもしれない。

自信がなくもじもじしていると、お妙はなにかを察したようだ。お花に向かって一つ頷き、よく洗った人参を俎の上に置いた。

「じゃあ、こういうのはどう？」

そう言うと、人参を少し厚めの輪切りにする。そのうちの一つを手に取ると、周りを切り落として五角にし、さらに小さな切り込みを入れてゆく。またたく間に花の形になったそれを、花びらの輪郭に沿って斜めに削ぎ落としてゆくと、いっそうそれらしくなった。

「ほら、ねじり梅」

飾り切りの人参を目の前にかざされて、お花は「わぁ」と声を上げた。なんの変哲もない人参の輪切りが、梅の形になるなんて面白い。

「これをあしらえば、ぐっと春めくでしょ？」

「うん、可愛い！」

興奮のあまり、お花は両手を握ってこくこくと頷いた。こんな素敵なことを考えつくなんて、お妙は本当にすごいと思う。

「あ、でも」

視線を俎の上に戻し、お花はあることに気づいてしまった。そこには梅になれなかった人参の、細かな切れっ端が散らばっている。

「ちょっと、もったいないかな」

意地汚いかもしれないけれど、幼いころはこんな人参の切れっ端すら口に入らず、腹を空かせていたものだ。だからつい、無駄にするのは惜しいと感じてしまう。

そんなお花の意見にも、お妙はうふふと笑ってみせた。

「もちろん捨てやしないわ。ちゃんと使うわよ。そうねぇ、蓮根や椎茸も細かく切って、がんもどきのたねにしてしまいましょう。揚げたてをじゅっと生姜醤油につけて、あら美味しそう。お花ちゃんのお蔭で、献立がもう一品出来上がったわ」

自分は特になにもしていないけど、褒められるとやっぱり嬉しい。お花はつられて、頬に照れ笑いを浮かべる。

「どう、お花ちゃんもやってみる？　ねじり梅」

切れっ端も美味しい料理に生まれ変わるというのなら、否やはない。輪切りの人参を手に尋ねるお妙に、お花は「うん！」と頷き返した。

鰹出汁のいい香りに、店中が包まれている。

料理の下拵えはすっかり終わり、あとは店が開くまで、ゆるりと過ごせばよいのだが。

お花は床几に腰を掛け、しょんぼりと肩を落としていた。

「どう、お花ちゃん。血は止まった？」

前掛けで手を拭きながら、お妙が調理場を出て顔を覗き込んでくる。

お花の左手の親指は、裂いた手拭いでぐるぐる巻きになっていた。そこに新たな血の滲みがないのを見て、お花は「うん、たぶん」と頷く。

情けないことに、人参の飾り切りをしていて指を切ってしまった。はじめはおっかなびっくりで、お妙にも「怪我しないようにね」と注意されていたというのに。だんだん慣れてきて、ちょっとうまく切れるようになってくると、油断が出た。包丁の刃が滑って指に当たった瞬間に、うなじの毛が逆立った。

軽く当たっただけでも、お妙がこまめに研いでいる包丁だ。指の腹がすぱりと切れて血が噴き出し、料理どころではなくなってしまった。

「ごめんなさい」

謝ると、お妙は「しょうがないわ」と首を振る。

「料理をしていると、そういうこともあるわ。だからこそ、気をつけないとね」

たしかに気を抜かなければ、しなくて済んだ怪我だった。お花は「はい」と返事をし、よりいっそう項垂れる。

「その手じゃ給仕はともかく、料理は無理ね。明日はちょうど初午だし、手伝いは休むといいわ」

お妙に言われてはじめて、そうだったと気づく。明日は二月はじめの午の日だ。近所の家々から小遣いや菓子をもらえる、子供たちの祭りである。

「遊んでいらっしゃい」と外に出された昨年の初午は、所在なさを紛らすために訪れた宝屋で騒ぎを起こしてしまい、お妙にも迷惑をかけてしまった。手伝いを休んでいいと言われても、今年もきっと、なにをしていいか分からない。あの心細さを味わうくらいなら、休みなどいらないのだけど。

言ってみようか。だってお花も、もう十五になった。初午の子供たちの遊びに、加わるような歳ではないのだ。

「あのっ!」

勢い込んで、調子外れな声が出た。なにごとかとお妙が驚いて、目を見開いている。

そうすると焦ってしまい、言葉を滑らかに紡ぎ出せない。切れ切れになりながら、どうにかこうにか先を続ける。

「お料理は無理でも、なにかできないかな。だってほら、お馬もきたし。その――」

なんだか説明がうまく繋がっていない。自らの意志を伝えるのは、なんと難しいことだろう。頭の中が、どんどん真っ白になってゆく。

けれどもお妙は真剣な面持ちで、お花の言わんとするところを汲み取ってくれた。

「たしかにお花ちゃんはもう、初午を喜ぶ歳じゃないかもしれないけれど。本当にいいの？」

もちろんだ。お花は「うん！」と勢い込んで頷く。

するとお妙は微笑んで、ひやりとした指でお花の頰をするりと撫でた。

「分かったわ。だけどその手じゃ水仕事はできないから、只さんの手伝いをしてくれる？」

料理を教われないのは残念だが、指の傷が塞がるまではいたしかたない。鶯商いが忙しくなってきたこの時期ならば、お花にも仕事はあるだろう。

「うん、ありがとう」

これでもう、行き場のない思いをしなくて済む。そう思うと、自然と口元が綻んだ。

血が止まったなら手拭いを巻き直しましょうと言われ、お花は素直に左手を差し出す。元々医者の娘だからか、お妙の手際はいい。血止めのためにきつく巻いてあった手拭いを外し、新しいものを巻きつけてゆく。

その作業が終わるころ、表の戸が外側からほとほとと叩かれて、返事も待たずに開けられた。

「お妙さん、おはよう」

そう言いつつ入ってきたのは、大きな風呂敷包みを背負った熊吉だ。幼いころからの遠慮のなさで、なにも言われずとも小上がりに「よいせ」と荷を下ろす。

それから手当てされているお花に気づき、「おい、なにごとだ?」と眉根を寄せた。

二

「なぁんだ。じゃあ自分でへまをしちまっただけか」

ひぃふぅみぃと、龍気補養丹の売り上げを勘定しながら、熊吉がやれやれと肩をすくめる。帳面と照らし合わせ、「はい、たしかに」と減った分を補充してゆく。それが終わるとこちらに向き直り、ぴしゃりと言った。

「時期が時期だけに、いらねぇ怪我をしてんじゃねぇよ」

というのも、先日の声真似騒ぎで皆がぴりぴりしているせいだ。誰かがちょっと怪我をしただけでも、なにかあったのではと勘繰ってしまう。

だけどお花だって、好き好んで怪我をしたわけではない。あまりの言われように、無言で唇を尖らせる。

「どう、そちらは変わりない？」と、問うたのはお妙だった。

三日にあげず龍気補養丹の補充に訪れる熊吉に、この質問をするのもすでにあたりまえのこととなっている。

「ああ、まったく。そっちも平気みたいだな」

「ええ。だけど、不気味ね」

熊吉と同様に、只次郎や俵屋の若旦那も七声の佐助とやらに声を盗まれたかもしれない。その危険に思い至り、大慌てで事情を知らせて回ったのがひと月ほど前のこと。大店である俵屋はもちろんのこと、只次郎も顔が広く、隅々まで通知を行き渡らせるのには苦労したようだ。

それなのに、拍子抜けするほどなにも起こらない。もちろん何事もないほうがいいのだが、相手方の狙いがなんなのか、よく分からなくなってくる。

「柳井様は、ほとぼりが冷めるまで身を隠しておくつもりだろうと言っていたけど」

その話は、お妙と一緒にお花も聞いた。賊というのは、相手の不用心を狙うもの。今は皆が警戒しているから、油断が生じるころを狙ってくるのではないかという。

「ばくちこきも、あれっきり来ていないもんね」

お花は例の、蟷螂に似た男の顔を思い浮かべる。七声の佐助というよりは、ばくちこきのほうが胸にしっくりくる。

「嵐の前の静けさってやつか」

そう言って、熊吉が舌を打つ。こちらからなにも手を出せないのが、もどかしいようである。

お妙が頬に手を当てて、吐息した。

「どうにか塒を突き止められないか、柳井様が独自に聞き込みをして回ってくれているんだけど」

「そもそもまだ、江戸に留まってるかどうかも分かんねぇだろ」

俵屋の襲撃に失敗し、彼らには元手となる金がないはずだ。敵は何人いるのか知らないが、よそから入ってきて潜むにはそれなりの金子がいると熊吉は言う。

「もう諦めて、江戸から出て行っちゃったのかも」

そうであればいいと願いながら、お花は右手できゅっと前掛けを握った。

「ああ、だったらいいけどな」と、熊吉も嘆息する。

偽声騒動があってからというもの皆気を張り詰めていて、ともすればこんなふうに、気持ちが沈みがちである。お花もつられてため息をつき、うなだれてしまった。

とそこへ、今度はほとほとと叩かれることもなく、表戸が開く。店内の陰気な気配をものともせず、弾んだ声でやって来たのは只次郎だ。

「ああ、いいにおいだ。お妙さん、今日の献立はなんですか」

彼が入ってきたとたん、周りの気配がふっと軽くなる。憂い顔をしていたお妙の頬にも、いつの間にか笑みが戻っていた。

「兄ちゃんってほんと、ある意味すげぇよな」

熊吉のこの言い様は、褒めているのか貶しているのだか。

只次郎はきょとんとして、「なんのことだい」と目を瞬いた。

「失礼な。私だって、ちゃんと用心しているんだよ」

お花の隣に腰掛けて、只次郎がぷりぷりと怒っている。というのも上辺だけで、それほど腹を立ててはいないはずだ。出会ってからそろそろ六年になるが、お花はこの養父が本気で怒っているところをまだ見たことがなかった。

「用心のあまりなるたけ出歩かず、先方から出向いてもらっているくらいなんだから。今日も昼から人を集めて鶯指南をするからね。その後『ぜんや』に何人か連れてこようと思って、献立を聞いたんだよ」

只次郎の言い分は、ほとんどその通り。世にも稀なる美声のハリオが万一にも狙われては大変と、他出を控えて指南の場を『春告堂』に移している。商い指南でどうしても依頼主の店の様子を見に行かねばならないときは、裏店に住むおえんに留守番を頼んでいるほどである。

ゆえに今日も『春告堂』には、鶯飼いの好事家たちがやって来るはずだ。せっかく人を集めたのだから『ぜんや』でも金を落としてもらおうと、只次郎が彼らを引き連れてくるのもいつものこと。

けれども献立を聞いたのは、たんに彼の楽しみだろう。

「はいはい、そういうことにしておくよ」

相手にするのも面倒とばかりに、熊吉はぞんざいに手を振っている。

只次郎はそしらぬ顔で、お花の肩に手を置いた。

「だからね、お花ちゃんがうちの手伝いをしてくれるのはありがたいよ。傷はもう、痛くないかい？」

傷といってもちょっぴり切っただけなのに、痛ましそうに眉を寄せている。そんなふうに気遣われることに、お花はむしろ驚いてしまう。

「うん。手拭いを巻いていれば、じんじんしない」

だから平気だと言って、お花はぐるぐる巻きになった指を見せる。

「それならいいけど」と、只次郎は安堵したように目元を緩めた。

この季節は表戸を閉めていても、ハリオの声が響いてくる。異変があれば鶯は「谷渡り」と呼ばれる別の鳴きかたをするので、いつも通りに鳴いているかぎりは安心である。

「そういえばヒビキは、よく鳴いているかい？」

話題を変えて、只次郎が熊吉に尋ねる。ヒビキは俵屋で飼われている、ハリオの兄弟である。

「ああ、歳のわりにいい声だ。だけどもう、店には出してないよ」

「そうかい。うちのハリオにも、あんまり無理はさせたくないんだけどなぁ」

ヒビキがまだ若鳥だったころは、囀りをはじめると籠桶を店に出し、訪れた客の耳を楽しませていたという。だがそれもヒビキの体を気遣って、三年ほど前からやめているそうだ。

只次郎も本音では、ハリオに楽隠居をさせてやりたいのだろう。けれども後継が、思うように育っていない。葛藤を眉間に刻み、どうしたものかと嘆いている。

「いっそのこと鶯稼業は畳んで、メダカでも育てちゃどうだい」

お花には熊吉が、なぜ急にそんなことを言いだしたのかよく分からなかった。只次郎ではなくお妙が、「よしてちょうだいよ」と嫌そうに顔をしかめたわけも。

「近江屋の旦那はまだ、しぶとく生き長らえてんのかい」

「ええ、亡くなったという噂は聞かないわ」

どうしてこの流れで、その名前が出てくるのだろう。

老獪な狸みたいな近江屋なら、お花だって知っている。決まって月に一度だけ、『ぜんや』の飯を食べに来ていた御仁だ。誰もが喜ぶお妙の料理を、苦玉を嚙むような顔で食べるのが不思議だったからよく覚えている。

その近江屋が病に倒れたのは、二年ほど前のことであったか。以来病床にあり、『ぜんや』には通えなくなった。いつも供をしていた目つきの鋭い用心棒も、任を解かれてこの機会にと、諸国を旅して回っていると聞いた気がする。

「重蔵さんもどこでなにをしているのか、ちっとも便りをくれないし」

「ねぇ、薄情なもんですよ」

お妙と只次郎が口を揃えるのを聞いて、そうだ用心棒の名は重蔵さんというんだったと、お花はぼんやりと考えていた。

ふいにクゥと、腹が鳴る。よく知らぬ人たちの話題になり、気が緩んだせいかもしれない。

その音ははっきりと聞こえたらしく、皆の視線が集まった。顔が熱くなるのを感じながら、お花は身を縮める。

「さて、店を開ける前に、軽くお腹を作っておきましょうか」

養い子の恥じらいをかき消すように、お妙が大きく手を叩いた。

「待ってましたぁ！」

と躍り上がったのは、もちろん只次郎である。

三

なにも食べずに帰ると言う熊吉を引き留めて、只次郎と三人で小上がりに座る。

龍気補養丹の補充ついでに『ぜんや』で飯を食べるときは、熊吉は昼過ぎにやって来てちゃんと銭を払う。店がはじまる前に来るときは、そのつもりがないということなのだけど。

「まぁまぁ、賄いみたいなものだから、急がないなら食べて行きなさいって」

「でも、悪いよ」

「なぁに、毎度のことじゃないんだ。たまにはいいだろう」

そんな只次郎と熊吉のやり取りを聞いて、遠慮していただけなのだと分かった。『春告堂』の手伝いをしていたころはあたりまえに『ぜんや』で飯を食べていたくせに、水臭い。だからお花も熊吉の袖を握って、離してやらなかった。

「はい、お待たせ」

お妙が熱々の土鍋を運んできて、折敷に置く。四人分とあって、小鍋立てにはしなかったようだ。布巾を使って蓋を取ると、春菊の香りが移った湯気がむわりと上がる。柚子の皮も散らしてあるので、よりいっそう香り高い。

料理を目の前にしてしまうと、熊吉もごくりと喉を鳴らした。

「ほほう、これがお花ちゃんが切ったという人参かな」

只次郎が、もうもうたる湯気の中に目を凝らす。

湯気が薄くなって鍋の中身が見えたとたん、熊吉がはてと首を傾げた。

「梅。なのか、これは？」

熊吉が疑問に思うのも無理はない。鍋の中身は鱈と春菊と豆腐。それからお花自身ですらヒトデみたいと感じた、出来映えの悪い人参が人数分、くつくつと煮えている。

「違うの。これは、はじめのほうに切ったやつ」

　最後のほうは、もっとましなのがあったのに。お花は小上がりからぴょんと飛び降りて下駄を履き、調理場の笊に入っていたのを一つ取る。そしてまだ煮る前のそれを、指先で摘まんで突き出した。

「ほら、ちゃんと梅になってる！」

　お妙が切ったものに比べれば痩せた梅になってしまったが、それでもちゃんとねじり梅だ。幾分世辞も入っているだろうけど、只次郎が「すごいね、上手だ！」と褒めてくれた。

「うまくできたのは、お客さんに出そうと思って置いといたのよ。ごめんね」

　出来のいいものを、客に回すのはあたりまえ。だからべつに、お妙を責めているわけじゃない。お花は「ううん」と首を振る。

「ただ見せたかっただけ。味はぜんぶ同じだもの」

「そんなことない。お花ちゃんが切ってくれた人参なら格別だよ」

　銘々の取り皿には、酢醬油と大根おろしが用意されている。只次郎は自分の分をそこに取り分け、ほふほふと人参を吹き冷ましてから口に含んだ。

「うん、うまぁい！　お花ちゃんの真心の味だね」

大袈裟な。けれども悪い気はしなくて、お花は照れ笑いを噛み殺す。

続いて熊吉も、遠慮を捨てて具を取り分ける。こちらは実に正直だ。二口三口と食べ進めてから、至福と言わんばかりに目を細めた。

「ああ、白子がうんめぇ」

そりゃあ人参が、鱈の白子に勝てるとは思わない。だけど相手が気易い熊吉でもあり、お花は「もう！」と片頬を膨らませた。

鍋に残った汁で、お妙が手早く雑炊をこしらえてくれた。

鱈から滲み出た旨みを飯粒がふっくらと吸い、緩くとじた卵の舌触りもよく、いくらでも食べられてしまいそう。立て続けに二杯お代わりをして、お花は「ふぅ」と帯の上から腹を撫でた。

「しまった。夢中になって食い過ぎた」

雑炊を三杯平らげた熊吉も、同じように腹をさすっている。ちょっとばかり相伴にあずかるだけのつもりが、旨くて箸が進みすぎてしまったようだ。

「まぁいいじゃないか。お前もまだまだ育ち盛りだ。たんと食べるがいいさ」

「もう背は伸びなくてもいいんだけどなぁ」

「あら。だったら次は、縦ばかりじゃなく横にも伸びなきゃね」

くすくすと笑いながら、お妙が空いた皿を引いてゆく。洗い物ができないからせめてと思い、お花もすぐに立って手伝った。

「おや、皆さんお揃いで」

ほどなくして、給仕のお勝もやって来た。到着するなり床几に腰掛け、煙草盆を引き寄せる。

のんびりと煙草をふかしだしたお勝に、お花は指を怪我してしまったと伝える。なによりも、しばらく洗い物を任せることになるのが心苦しい。

謝ると、お勝は「なぁに」と煙を輪っかに吐いた。

「大怪我じゃなくてなによりさ。次からは気をつけな」

そっけないが、優しさを感じる言葉だ。只次郎が折敷の上に置きっぱなしになっていたねじり梅の人参を懐紙に載せ、「ほら」と差し出して見せた。

「これ、お花ちゃんが切ったんですよ。はじめてなのに、すごいと思いませんか」

自分の手柄でもないのに、なぜか自慢げである。

お勝は「ああ、上手だね」と褒めてくれたけど、気恥ずかしくてお花は人参を懐紙ごと取り上げた。

「んもう、やめて」

さっきは自分で「ちゃんと梅になってる」と見せびらかしたのに、同じことを人にやられるときまりが悪い。きっと只次郎の姿を通して、他者から褒められたいという己の欲が鏡映しのように見えてしまうせいだろう。

そう気づくといたたまれなくて、お花は人参を懐紙に包んで懐に入れてしまった。

「さて、オイラはそろそろ」

気まずい気配を察してか、熊吉が膝を叩いて立ち上がる。そのまま小ぶりの行商箪笥を、大風呂敷で包みはじめた。

奪い取るようにして人参を隠してしまったのに、当の只次郎は鷹揚に構えている。お花にひと言「ごめんね」と謝って、すぐさま話題を切り替えた。

「そうだ。梅といえば、俵屋の若旦那はどうなったんだい？」

どうして梅と、あの穏やかそうな風貌の若旦那が繋がるのか。お花は懐を押さえたまま、お勝と顔を見合わせる。なんでも知っていそうなお勝にも分からなかったようで、なにも言わずに首を傾げてみせた。

「べつに、どうにもなってねぇよ。オイラがお妙さんにあげたのと同じ紅を京土産に買ってたけど、帰ってくるなりあの偽声騒動だろ。ばたばたしてたから、渡してないんじゃねぇのかな」

「ああ、そういうことかい」

風呂敷包みを背負いながらの熊吉の答えに、お勝はなにかを察したらしい。閃いたとでも言うように、煙管をカンと打ちつけて吸い殻を落とした。

お花には、まだ分からない。かといっておかしな態度を取ってしまった只次郎に、「どういうこと？」とは聞きづらい。

固く絞った布巾を手にお妙が調理場から出てきて、さらりと会話に加わった。

「そういえば、宝屋さんにそろそろ海苔を注文しておかないと。あと少しで切れそうなのよね」

お花の頭の中で、なにかが繋がりそうになる。日本橋本船町の宝屋といえば、看板娘のお梅がいる。つまりさっきの話題の主役は俵屋の若旦那と、宝屋のお梅ということで――。

「あっ！」

いまだ恋を知らぬお花でも、さすがに分かった。口元に手を当てて、思わず目を見開いた。

そうなんだ。若旦那が、お梅ちゃんを――。

「言っとくけど、余計なことはしてくれるなよ。若旦那様は奥手なんだからさ」

お花にまで悟られたと知り、熊吉が念を押してくる。

余計なことと言われても、元よりなにをしていいか分からない。お花はこくこくと頷き返す。

しかし只次郎は、そのかぎりではないようだ。

「奥手といったって、お梅ちゃんも十七だ。あまりのんびりしていると、縁談が決まってしまうよ」

「そりゃそうだけどさ。こういうのはやっぱり、当人の気持ちをないがしろにして進めちゃいけねぇだろ」

「そうかもしれないが、もし土産を渡しそびれているんなら、橋渡しくらいはしてもいいだろう。お妙さん、今つけている紅は熊吉の京土産ですか」

理屈をこねながら、只次郎は小上がりに座ったままお妙を見遣る。飲み食いしたばかりだから、紅の色が少し褪せている。

お妙は「いいえ」と首を振った。

「違います。熊ちゃんにもらったのは小町紅なので、普段使いにはもったいなくて」

京で作られた上質な紅を、特に「小町紅」と呼ぶらしい。只次郎は「なるほど」と頷いてから、こちらに顔を振り向けた。

「ねえ、お花ちゃん。ちょっとお使いを頼まれてくれるかい」

なぜか矛先が向いてきて、お花はびくりと身を震わせる。

さっき只次郎に変な態度を取ってしまったから、断るに忍びない。しかたなく「うん」と返事をした。

「宝屋に海苔を注文して、ついでにお梅ちゃんの紅を見ておいで。小町紅をもらったとしても塗っていないかもしれないから、それとなく探りを入れておくれ」

「分かった」

「おいおい」

お花の了承と、熊吉の呆れ声が重なった。

お勝はすっかり面白がって、「行っといで」と手を振っている。

「余計なお世話に思えるだろうが、こういうのは周りのお膳立ても大事だからねぇ」

「そうね、どのみち海苔は頼まなきゃいけないし。お花ちゃん、人の少ない脇道には入らず、表通りをまっすぐ行くのよ」

どうやらお妙も乗り気のようだ。これで熊吉の味方はいなくなった。

お花にしてみれば、これも立派な店の仕事だ。本船町までなら半刻（一時間）もあれば行って帰ってこられる。『ぜんや』が本当に忙しくなる真昼九つ（昼十二時）ごろには戻って、給仕を手伝えるだろう。

「じゃあ、行ってきます」

「いや、待て待て」

さっそく外へ飛び出そうとしたら、熊吉に袖を握って止められた。大きな荷を揺すり上げて背負い直し、お花より先に表口へと向かう。

「オイラもいったん俵屋に戻るから、お前も寄ってけ。切り傷に効く軟膏をやるよ」

本石町の俵屋は、宝屋に向かう道の途中にある。なんのかんの言っても熊吉は、面倒見がいい。

「気をつけて行ってらっしゃいね」

「ああ。お妙さん、ごちそうさま」

お妙に見送られ、お花は熊吉に連れられて歩きだした。

四

宝印の素焼きの甕が並ぶ店内は、海苔を炙る香ばしいにおいに満たされている。

小さな手あぶりで売り物の海苔をさっと炙り、気前のいいおかみさんが「さぁさぁ、うちの海苔を食べてくんな」と来た客皆に渡している。

中には海苔をもらうだけが目当ての子供もいるけれど、おかみさんは分け隔てをしない。「うちの海苔が旨いと思ったら、帰ってお父つぁんとおっ母さんに言うんだよ」と、冗談めかして笑っている。

そんな宝屋の店の間に座り、お梅は帳面を広げていた。

「ええっと、いつもの海苔を『ぜんや』にね。分かった、後で届けさせるわ」

頷くと矢立を手に取り、さらさらとなにかを書きつける。お梅が伏し目がちにしているのをいいことに、お花はその口元をまじまじと眺めた。

お梅の唇は、たしかに赤く彩られている。しかしこれは、小町紅なのだろうか。お花にはさっぱり見分けがつかない。

「なによ。そんなに人の顔をじろじろと見て」

あんまり真剣に見つめていたものだから、ついにはお梅に気づかれてしまった。

さて、どうしたものか。俵屋へと向かう道中に熊吉からは、不用意に若旦那の名前を出すなと言い含められていた。

「あの。お梅ちゃんは、どこの紅を使ってるの?」

当たり障りのない言葉を探し、尋ねてみる。そのとたんお梅は、「あら」と目を輝かせた。

「お花ちゃんもついに、化粧を気にするようになったのね」

そんなものにまったく興味はないが、教えてもらえないと困る。嘘をつくことに気後れしつつ、お花は「うん」と頷く。

「京の小町紅ってのがいいって聞いて」

「いやだ。そんな高いの、アタシたちのお小遣いじゃとても買えないわよ。そりゃ、いいに決まってるけどさ」

「持ってないの？」

「あたりまえでしょ。夢のまた夢よ」

ということは、俵屋の若旦那はまだお梅に土産を渡していないのだ。

それだけ分かれば充分だった。しかしお花にも娘らしい興味が芽生えたと勘違いしたお梅は、すっかり勢いづいていた。

「だけどね、値段のわりに悪くない紅だってあるのよ。たとえばアタシが使ってるのは、人形町の小間物屋で扱ってるものなんだけど――」

紅ならどこそこの店がよくて、白粉はあそこ。化粧水はなんたらとかいう店ので、刷毛(はけ)や筆も手が出せる範囲でなるべくいいものを。お題目のように吹き込まれる言葉は半分くらいがちんぷんかんぷんで、聞いているうちにだんだん目の前がチカチカしてきた。

「お金がなくても、そこは工夫次第(くふうしだい)。お洒落(しゃれ)って楽しいわよ」

梅の飾りがついたびらびら簪(かんざし)を揺らして笑い、お梅は実に生き生きしている。それとは逆に、お花の相槌(あいづち)はどんどん小さくなってゆく。

お洒落って、大変だなぁ。

そんなふうにしか、思えなかった。

ちょっと行って帰ってくるだけと考えていたのに、思いがけず長(なが)っ尻(ちり)になってしまった。

お梅はまだまだ話し足(た)りないようだったが、「私も手伝いがあるから」とことわって、やっとのこと宝屋を後にした。

まだいくらも歩いていないのに、真昼九つの捨て鐘が鳴りはじめる。今ごろ『ぜんや』は、昼餉(ひるげ)の客で大賑(おおにぎ)わいに違いない。急がなきゃと、お花は足を速める。向こうから来る人を器用に避(よ)け、脇目も振らずにほとんど小走りで歩いてゆく。内(うち)

神田へと続く今川橋を渡るころには、少し息が上がってきた。額にもうっすらと、汗が浮いている。

「あの、ちょいと。お待ちったら」

背後から、女の声が聞こえてきた。気にせず先を急いでいたら、今度ははっきりと名を呼ばれた。

「ねぇ、花。お花ってば！」

「えっ！」

びっくりして、振り返る。急に立ち止まったものだから、行商風の男と肩がぶつかり、舌打ちをされた。

男に「ごめんなさい」と謝ってから、あらためて声の主を見遣る。どこから追いすがってきたのか、丸髷を結い、縞木綿を身に纏った女が、肩で息をしながら立っていた。

「なにをぼんやりしてたのさ。ずっと呼びかけてたのに、気づきゃしない」

だしぬけに責め立てられて、お花はきょろきょろと周りを見回した。しかし「お花」と呼ばれて、立ち止まった者は他にいないようだ。

「そうさ、アンタに言ってんのさ。さっきも気づかずにすれ違って行っちまうしさ」

「さっき?」

急いでいたから、覚えていない。けれども切れ切れの息の下から発される女の声には、聞き覚えがあるようだ。

そうだこれは、物心つく前からお花の傍にあった声。「お前なんか産まなきゃよかった!」という罵りが、頭の中に蘇る。

いやまさか、そんなはずは。だってあの人はいつだって、髪なんか結う余裕もなく振り乱していた。着物も継ぎ接ぎだらけの襤褸だったし、浅黒い肌を化粧で隠しもせず、痩せぎすだった。

目の前にいるおかみさん風の身綺麗な女とは、まるで違う。着物の袖から覗く腕は、年増らしくむっちりとしている。

どくんどくんと、心の臓が耳の奥に移ってきたみたいにうるさい。すぐに身を翻して逃げたいのに、足の裏が地面に縫いつけられたように動けない。

呆然と立ちつくすお花の顔を、女も無言で見つめ返してくる。やがてその目に、涙が盛り上がってきた。

「久し振りだねぇ、花。アンタずいぶん、大きくなって」

目の縁から涙がひと粒こぼれ、白粉が塗られた頬を滑ってゆく。なにもかもがお花の記憶と違う女が、たしかにお槙の声でそう言った。

五

実母のお槙がお花を捨てて行方をくらましてから、五年と半年。男と逃げたという噂は、子供だったお花の耳にも入ってきた。それっきり生きているのか死んだのかも分からずに、再び相まみえることはないと思っていたのに。

「ささ、お食べ。美味しいよ」

葦簀張りの茶店の縁台に座り、団子を勧めてくるこの女が本当に、お槙だというのだろうか。いつも怒鳴るか馬鹿にするかで、こんな猫撫で声は聞いたことがない。

けれどもお花はこれがお槙であると、すでに確信していた。だってさっきから、冷や汗が止まらない。体が内側にきゅっと萎縮して、声を発することもできなくなっていた。

「食べないのかい？」

お槙が気遣わしげに、顔を覗き込んでくる。その眼差しを受け止めることができず、お花は己の膝先にじっと視線を注いでいた。

「そうだねぇ。お前はきっとアタシのことを、恨んでいるんだろうねぇ」

頑なに目を合わせずにいたら、お槙の声が急にふやけた。左の袂を顔に当て、すんすんと鼻を鳴らす。

「ごめんねぇ。あのころは金もなく荒んでいて、お前には辛い思いをさせたよね」

内腿と二の腕にある、火傷の痕がチリチリ痛む。お槙に煙草の火を落とされて、泣かずに耐えたら「つまらない」と言って棒で殴られた。その痛みまでよみがえってきて、なんだかうまく息が吸えない。

「いいんだ、アタシは恨まれてもしょうがないことをした。だけどね、悪いのは貧しさだよ。アタシだって元々は、あんな人間じゃなかった」

もうすっかり心を入れ替えたと、お槙は熱く訴えてくる。

今では堅気の男と知り合い、所帯を持っているという。裕福とまではいかないが、日々の暮らしには困っておらず、たまになら芝居を見に行くこともできるくらい。ようやく人並みの幸せを味わってるよと、涙を拭いながら微笑んだ。

その拍子に覗いた歯には、丁寧にお歯黒が塗られている。垢じみた体臭もすっかり拭い去られ、白粉のにおいがふわりと香ってきた。住んでいる家が新しいのか、ほのかに木の香りまでまとっている。本当に、お槙は食うや食わずの暮らしから抜け出せたらしい。

以前はたしかに、貧しかった。戸の破れた掘っ建て小屋のような家に住み、食べ物はもちろん煮炊きをする炭もなく、冬は寒さに震えていた。お槇は自らの体を売った金で、酒ばかり飲んでいた。

衣食足りて礼節を知るという言葉を、習ったことがある。ならばあのころのお槇の荒み具合は、すべて貧しさのせいだったのか。金さえあれば、お花はもっと優しくしてもらえたのだろうか。

「実は少し前から江戸に戻ってきていてね。お前さんはどうしているかと気になって、遠くから見守っていたんだよ。だけどさっき一人で歩いているのを見かけて、ひと言謝りたくて声をかけちまった。すまないね」

お槇の手が伸びてきて、お花の手に重ねられる。幼いころは母に触れたくても、「邪魔なんだよ！」と振り払われた手だ。思わずびくりと、肩が跳ねた。

「どれ、顔をよく見せてごらん。まぁまぁ、娘らしくなって。肌艶もいいし、大事にしてもらってるんだねぇ」

頬をぺたぺたと触られても、人形のようにされるがままになってしまう。お槇の手がこんなに温かいなんて、知らなかった。

「聞いたよ。あの居酒屋のおかみの、貰い子になったんだろ。どうだい今は、幸せかい？」

お妙と只次郎の子になって、はじめて知った幸せはいくらでもある。たとえば美味しいご飯を腹いっぱい食べられること。ふかふかの布団で眠り、毎日湯に通えること。読み書きを教わり、自分で絵草紙が読めるようになったこと。失敗してもぶたれず、頑張れば手放しに褒めてもらえること。

幸せかどうかなど問われるまでもないことで、お花は自然と頷いていた。

「そうかい、それはよかった」

お槙の微笑みは、なぜか少し苦しげだ。もっと大きな人だと思っていたのに、案外小柄で手も小さい。この女は誰だろうという違和感を拭えぬままに、お花は喉の奥から声を絞り出した。

「おっ母さんも、幸せなのね？」

捨てた娘におっ母さんと呼ばれ、お槙は顔をぱっと輝かせる。目を潤ませて、「ええ、ええ」と何度も頷いた。

よかった。ひどい目に遭わされてきたけれど、この人が不幸に喘いでいればいいとは、一度も思ったことがない。お槙がいい人と出会い、立ち直れたならなによりだ。

だからもう、帰らなきゃ。ただのお使いに、思いのほか時がかかっている。皆が警戒している折でもあるし、あまり遅くなると心配をかけてしまう。

「なら、いいの」と、立ち上がりかける。はじめはびっくりしたし恐かったけど、会えてよかったとすら思う。

しかしお槇は、それでよしとはしなかった。

「ちょいと、待っとくれ」

そう言って、とっさにお花の左手を摑んだ。痛みがぴりりとうなじに伝わり、考える間もなく「痛い！」と叫んでいた。

「びっくりした。どうしたんだい、これ」

お槇はようやく、裂いた手拭いでぐるぐる巻きになっている親指に気づいたらしい。お花はじんじんと疼く手を胸元に庇った。

「包丁で、切っちゃっただけ」

「本当かい？」

嘘であるはずがない。お妙と只次郎が、お花を故意に傷つけることなどありはしないのだから。

優しい養父母が疑われては困る。お花は慌てて、懐に手を突っ込んだ。

「平気。軟膏ももらったし」

　もらってそこに入れておいた、軟膏の小壺を引っ張り出す。一緒になって小さな紙包みまで出てきて、ころりと縁台の上に転がった。

「うん、なんだいこれは」

　手荒れのすっかり治った指先で、お槇がそれをつまみ上げる。包みが開けられ、中からねじり梅の人参が出てきた。

　しまった。只次郎から取り上げたのを懐に入れて、そのまんまになっていた。

「人参の、飾り切り。それを練習していて、指を切ったの」

　聞いているのかいないのか、お槇は人参を目の高さに持ち上げて、矯めつ眇めつしている。

　今日練習した中では、最もうまくできたねじり梅だ。恥ずかしかったけど、只次郎は「すごい」と手放しに褒めてくれた。本当は嬉しかったのに、素直に喜べなかったのが今にして悔やまれる。帰ったら、只次郎に謝らなければ。

「くっだらないねぇ」

　心底呆れたようなお槇の声に、お花ははっと面を上げる。

「形をどんなに工夫したって、ただの人参じゃないか。こんなものはしょせん、子供騙しだよ」

　ねぇ、と同意を求めながら、お槇が人参を突き返してくる。お花は震える手で、それを紙に包み直した。

「うん、そうだね」

　としか、言えなかった。

「そんなことよりさ、アンタもそろそろ年頃なんだから、紅のひとつも塗っちゃどうだい。どれ、おっ母さんが塗ってあげるよ」

　帰りたい。お槇の猫撫で声が、べたべたと肌に貼りつくようだ。

　けれどもお槇に袖を握られると、またもや体が固まってしまった。どう振る舞うのが正しいのかも分からぬまま、お花はお槇が懐から紅を取り出すのをただ見ていた。


　唇が、なんだか重たい。

　紅を薄く刷いただけなのだからそんなはずはないのだが、そこだけ腫れているかのような、もったりとした重さがある。

　カランコロンと歩みに合わせてついてくる、下駄の音まで重苦しい。家を出てからすでに一刻（二時間）は経っているだろうに、もはや急いで帰る気になれない。

「一のつく日――」

一人で歩きながら、ぼそりと呟く。お槇とは、さっき茶店の前で別れた。けれども、これっきりとはならなかった。

「お前が幸せなら、今さら母と娘で暮らそうなんて言わないよ。だけどたまにはこうして、会って顔を見せとくれ。そうだ毎月、一のつく日なんてどうだい」

お槇はこれからも会いたいと、涙ながらに訴えた。

一のつく日といえば、明日がさっそく十一日だ。今日は突然のことであまり長く引き留められないから、あらためて会おうと言ってきた。

「待ち合わせは、柳森稲荷なら分かるだろ。握り飯を作ってくるから、一緒に食べよう」

母親らしいことをなにもしてやれなくて、後悔している。アタシは本当に駄目なおっ母さんだったと、お槇はしつこいくらいに許しを請うてくる。もう会いたくないとは、言えなかった。

柳森稲荷は神田川の南側、柳原土手にある社だ。そこなら分かると、返事をしてしまった。

「たとえ来なくても、日が暮れるまで待ってるよ」

お槇は茶店の前でそう言って、遠ざかってゆくお花を、いつまでも見送っていた。

唇に触れると、指先が赤く染まる。おっ母さんに、はじめて塗ってもらった紅。優しい声で話しかけてくれたし、頬を撫でてもくれた。

狐につままれたような不思議な気分で、恐ろしくすらあるけれど、胸の奥のほうを探ってみれば、嬉しいと思う気持ちがあるのも否めない。だけどそれ以上に、いけないことをしているようにも感じられた。

それはきっと「おっ母さんに会ったことは誰にも内緒だよ」と、口止めをされているからに違いない。

「今のおっ母さんに知れたら、気を悪くするかもしれないだろ」

せっかくよくしてやっているのに、やっぱり実の母親がいいのかと疑われたら、お前が可哀想だよとお槇は言った。

そんなふうに、釘を刺されるまでもない。お花はこのことを、お妙に知られたくないと思っていた。

なぜなのかは、よく分からない。そのせいでよけいに足が鈍る。でもどんなにゆっくり歩いたって、そのうち家には着いてしまう。

だってほらもう遠くから、ハリオの鳴く声が響いてくる。他に行くところもなく、お花はじりじりと歩を進めた。

「お帰りなさい、お花ちゃん」

帰り着いた『ぜんや』はいつもどおり、昼餉の客で賑わっていた。

『春告堂』での鶯指南はまだ続いているらしく、只次郎とその客の姿はない。常連の「カク」と「マル」が床几で酒を飲んでおり、その相手をしていたお妙が振り返って、微笑みかけてきた。

菩薩と称されるほどの、穏やかな笑顔。見ているだけで、心がなにか温かなものに包まれる。この人にはやっぱり、嫌われたくないなと思う。

「あら、紅。お梅ちゃんに塗ってもらったの？」

「うん、そう」

気づけばするりと、嘘をついていた。

「可愛いわね。素敵よ」

お妙に邪気なく褒められて、お花は愕然とする。あたりまえのように嘘をついた自分に驚いた。

「本当だ、ぐっと娘っぽくなるなぁ」

「どこぞのお姫さんみてぇだよ」

「カク」と「マル」も一緒になって褒めてくれるから、ますます居心地が悪くなる。

これは駄目だ。ちゃんと正直に話さないと。

「あのっ！」と、お花はお妙を振り仰ぐ。お槇に会ったと話したところで、この人はきっとお花を嫌ったりはしない。むしろ実のおっ母さんが真人間になって戻ってきたことを、喜んでくれるかもしれない。

だけど、もし——。お槇さんが帰ってきたなら、そっちと暮らしたほうがいいわねと、放り出されてしまったら？

その先はもう、お妙と只次郎の子ではなくなってしまう。

「なぁに？」

お妙が首を傾げ、用件を尋ねてくる。お花はまたも、嘘を重ねた。

「明日の初午は、やっぱり外で遊んできていい？」

初午の遊びはもういいと言いだしたのは自分なのに、矛盾したことを口走ってしまった。

どうしよう。理由を問われたら、答えられない。

身を固くするお花に気づかず、お妙は「いいわよ」とあっさり頷いた。

「お梅ちゃんと約束でもしたの？」

「うん、そう」

よかった、勝手に解釈してくれた。お花はどきどきとうるさい胸を押さえる。

「おおい、こっちにもがんもどきをおくれ」

「はぁい、ただいま」

店が忙しい刻限なのも幸いした。給仕のお勝は小上がりの客の軽口につき合ってやっている。その代わりに、お妙がすぐに身を翻した。お蔭で嘘のにおいが紛（まぎ）れてくれた。

ひとまずは、紅を落とそう。「カク」と「マル」が今年の鯛（たい）の相場について話しだしたのをいいことに、お花は勝手口からそっと出る。井戸まで行くと長柄杓（ながびしゃく）で水を汲（く）み、怪我をしていないほうの右手でごしごしと口元をこすった。

紅と一緒に、今日の出来事も一緒に流れてしまえばいいのに。丸髷を結ったお槇の面影（おもかげ）は、むしろどんどん濃くなってゆく。

あのときはすまなかったと謝って、一のつく日に会いたいと縋（すが）るおっ母さん。あんなに会いたがるくらいだから、本当はお花のことを愛しているのかもしれない。離れている間も、恋しく思い出してくれたのだろうか。

そうだとしたら、お花を打ち、産まなきゃよかったとまで言い切ったお槇は、いったいなんだったのだろう。お花を苛み続けたあの荒々しさは、暮らしに困らぬ金さえあれば宥められる程度のものだったのか。

考えてもよく分からないし、考えたくもない。

飛び散る水滴で袖が濡れるのも厭わずに、お花は無心になって唇をこすり続けた。

縁談

一

碇を下ろした弁財船が、佃島の手前にずらりと並べられている。目印もない海の上で、大型の船が船首を並べている様は壮観であった。

そこから荷を積み替えた小舟たちが、隅田川の上流に向けて漕ぎ出してゆく。永代橋は橋脚が高く、干潮時であるのも手伝って、舟は帆を上げたまま難なく橋の下を通り抜けて行った。

潮風に目を細めながら、熊吉は橋の手前ではたと足を止めた。柵で囲われた高札場に、見覚えのある人相書きが貼られていたからである。

「どうした、熊吉」

横を歩いていた俵屋の若旦那が、供の気配が離れたのを察して振り返る。それから熊吉の視線を追って、人相書きに目を留めた。

「こんな所にも貼られているんだなと思いまして」

それは元吟味方与力の柳井様が描かせた、七声の佐助の似せ絵である。熊吉はぼんやりとしか顔を覚えていないが、お妙やお花に言わせると、そっくりだという。

「なかなか見つからないものだね」

若旦那が熊吉の隣に並び、ため息を落とす。昨年末に俵屋へ押し入ろうとした賊の、その後の足取りはいまだ摑めぬままである。

とはいえ、まったく目星がついていないわけでもないらしい。なんでも幾人かの目明かしが、蓑虫の辰の異名を取る盗人の名を挙げているという。

生まれは上方とも言われており、年端もゆかぬころから盗みに手を染め、日本中を流れに流れてここ数年は下野に腰を据えていた。その男が昨年の冬ごろに徒党を組んで、江戸に向かったとの報が入っているのだ。

「そいつがなんで蓑虫と呼ばれてるかってぇと、身を隠すのがうまいからだ。誂え向きの隠れ蓑が見つかると、奴はその地に河岸を変える。俺は七声の佐助もその一味で、そいつの蓑の中にじっと潜んでんじゃねぇかと踏んでるんだ」

そうでもなければ、高札まで立てて探している佐助の行方がまったく摑めないのはおかしい。と、柳井様は言う。まだ江戸府内で蓑虫の辰の手口らしき盗みが起きていないのも、二人を繋げた理由だという。

「用心深い奴のことだ。初手でしくじって、どこかで息を潜めているんだろう。だが待ってりゃ必ず動き出す。盗人だって、生きてりゃ金がかかるからな」

蓑虫の辰は、これまでほとんど独り働きだった。しかし今は幾人かの手下がいるはずだ。糊する口が増えたとなれば、いつまでも身を潜めてはいられない。

「俺ぁ、そろそろじゃねぇかと見てる。だからお前たちも充分に用心しろよ」

詮議をもっぱらとする吟味方与力は、捕り物には関わらない。しかし柳井様には、そちらのほうが向いていたのではなかろうか。熊吉に注意を与えたその表情は、やけに生き生きとしていたものだ。

そもそも押し込みは火付盗賊改の管轄であり、町方の与力や同心はその荒々しさを快く思っていないはず。それでも人誑しの柳井様ならば、火盗改に一人や二人は懇意の者がいるのだろう。彼らからうまく話を聞き出したり、また耳元に吹き込んだりしているに違いなかった。

「明日の出替りは、よっぽど気をつけないといけませんね」

熊吉は若旦那と共に、永代橋を渡ってゆく。せっかちな江戸っ子もうららかな日差しに包まれて、どこか寛いでいるように見える弥生四日。桜もちらほらと咲きはじめ、明日はいよいよ奉公人の出替りである。

一年、もしくは半年の契約で雇われた奉公人が、勤めを終えて新しい者と入れ替わる日だ。朝から奉公人の周旋をする肝煎がやって来て、何用の奉公人を幾人必要かと問い合わせて帰る。その後五、六人の男女を連れて戻り、商家ではそのうち気に入った者があれば名前と身元をたしかめてから召し使う。

　俵屋でも下働きの男と女が一人ずつ、一年の勤めを終えるはずだ。新しい者を雇うときは、よっぽど用心しなければ。盗賊の息がかかった者を雇い入れてしまっては、どんなに戸締まりを厳重にしようと内側から潜り戸を開けられて万事休すである。

「ああ、肝に銘じておくよ。もっともうちの旦那様が、しっかり調べ上げるだろうけどね」

　新しい奉公人ははじめの十日ほどは通いで、その間に人品を見極められる。きっと旦那様ならば、見張りをつけてでも彼らの素性を明らかにするだろう。

「それもそうですね」

　本音を言えば俵屋が狙われているかもしれぬこの時期に、新しい者を入れたくはないのだが。それでは奥向きが回らなくなってしまう。

　ま、旦那様に任しときゃ大丈夫か。

　人の良さそうな顔をして、研ぎ澄ました刃のような鋭さを隠し持つお人である。おつかないと感じることもあるが、こういうときには心強い。

隅田川の河口に架かる長い長い永代橋を越えると、その先は深川だ。橋を渡りきらぬうちから潮風に乗って、香ばしいにおいが熊吉の鼻腔をくすぐる。道端に屋台が出て、名物の鰻や取れたての蛤などを焼いているのである。

朝餉をしっかり食べたはずなのに、若い熊吉の胃袋が騒ぐ。昨年の夏ごろから続いていた腹痛は治まり、薬に頼らずともよくなったのはありがたいのだが、元気になったらなったで、腹が空きすぎる。そして江戸の町にはそこら中に、旨そうな屋台がひしめいている。

今はただの散歩ではなく、客先へと向かう途中だ。我慢我慢と心の内に唱えながら、においを吸い込まぬよう息を詰める。その際にごくりと喉が鳴ったことには、自分でも気がついていなかった。

さて若旦那の供をして深川までやって来たわけは、龍気補養丹絡みである。

年明けから売り出したその薬は、江戸でも上方でも好調な売れゆきを見せている。口伝てに広まって、男性としての自信を取り戻したい客だけでなく、体力虚弱な者にも元気が出ると評判のようだ。

そうなれば次なる売弘所を探さずとも、あちらから手が挙がる。商い指南の只次郎は、そんなふうに読んでいた。そして実際に「うちでも龍気補養丹を扱わせてほしい」との依頼が舞い込んできた。

場所は深川、永代寺門前仲町の小間物屋である。このあたりは寛政のご改革以降も廃れず続く岡場所で、ならば当然龍気補養丹の需要もあるはずだ。なおかつ小間物屋には馴染みの女に簪でも贈ろうと、立ち寄る者も多かろう。

売弘所としての、条件はいい。他に気になるのは店の繁盛具合と、店主の人柄だ。それを見極めるために、二人で日本橋から出張ってきたのだった。

而して若旦那と熊吉の出した答えは、「可」であった。

まずは店の、品揃えが気に入った。さほど広いわけではないが、見世棚に並べられているのは深川の粋筋が好みそうな意匠の品々だ。この立地で売れるものはなにかと、考え抜かれた跡が見える。

そのため品物の出入りも早いのだろう。店の隅で埃を被っているような物はなく、掃除も行き届いている。店主は五十がらみの落ち着いた男で、親の代からこの地で堅実な商いを続けていると聞く。仕入れ先と金で揉めたことがないことも、先に手を回して調べておいた。

この男ならば龍気補養丹を託しても、売値をつり上げて差額を懐に収めるようなことはするまい。薬の人気にあやかって儲けたいというよりは、常連客の求める品の一つとして店に置きたいようだった。

「いい人でよかったね」

小間物屋との取引を終えて、二人連れ立って深川洲崎をゆく。

このあたりは元々人の住む埋め立て地だったが、寛政三年（一七九一）の高潮により甚大な被害が出たため居住が禁じられ、波除けの立派な堤防が築かれた。「ちょっと景色でも見ようか」と若旦那に誘われて、その堤の上をそぞろ歩く。

「ええ、本当に。そういや浅草聖天町の飴屋からも、依頼が来ているんでしたっけ。吉原の仮宅場所になるかもしれないからって」

きらびやかであった吉原は、なんと先月二十三日に焼け野原になってしまった。なんでも龍泉寺町から出た火が飛び火して、残らず焼け落ちてしまったらしい。

しかし転んでもただでは起きないのが、亡八と呼ばれる楼主たちだ。お上からの許しがあれば江戸市中に仮宅を出し、吉原が再建されるまでそこで営業を続けるのが常である。

仮宅では面倒なしきたりがなく、気安く通えるため客が増え、むしろ儲かってしょうがないくらいだという。ゆえに楼主たちは吉原で火が出ても、進んで消し止めようとはしないのだ。

そんなこんなでこの度も、おそらく仮宅が出るのであろう。御番所からの許可はまだ下りていないようだが、浅草寺の北東に位置する田町、今戸、聖天町界隈になるだろうと言われている。

「ああ、あそこは駄目だ」

熊吉の問いに、若旦那はにべもなく首を振る。優男に見えて案外はっきりとものを言うあたり、やはりあの旦那様の子息である。

「まだ決まったわけでもないのに、仮宅が来ると浮かれている。何百日の営業が許されるか知らないが、この機会に懐を潤したいんだろう。気持ちは分かるが、地に足が着いていない相手との取引はお断りだよ。浅草なら、すでに雷神門前の扇屋があるしね」

その判断には、熊吉も深く頷いた。目先の金に気を取られている者は、いつか必ず悶着を起こす。そもそも仮宅がなくなった後のことまで、考えているかどうか定かでない。若旦那の言うとおり、浅草の売弘所ならば扇屋があれば充分だった。

「かしこまりました」

どうやら聖天町の飴屋とは、顔を合わせるまでもないようだ。

ゆったりとした若旦那の歩みに寄り添いながら、熊吉は堤の上から海を眺める。

干満の差が激しいこの時期は、朝から昼にかけて洲崎の海辺は干潟となる。遠浅となった海では大勢の人が着物の裾をからげ、あるいは褌一枚になり、潮干狩りに興じていた。

例年大潮の三月三日から、四日間ほどが潮干狩り日和である。子らが喜び水しぶきを上げ、砂地に紛れていた鮃でも踏んづけたか、男が仰天してひっくり返る。誰も彼も竹籠を手に、笑いさんざめいている。

そして堤の逆側に目を転じれば、そこは材木を水面に浮かべて貯蔵しておくための木場である。筏に組まれた材木の上で、長い竹竿を操る川並鳶の姿が遠くに窺えた。見晴らしのよい、景勝の地である。ふらふらと歩を進める先は、洲崎弁財天。その手前に葦簀張りの茶店が設けられている。

こちらでも貝を焼いているのだろう。磯の香りと醤油の入り混じったにおいが、白い煙と共に漂ってきた。

「なんだか小腹が空いてしまったね。あそこに座って食べようか」

若旦那が振り返り、茶店に並べられた床几を指差す。深川に入ったとたん熊吉は、鰻や蛤に目を奪われた。もの欲しげなその視線に、気づいていたに違いない。

こんなに食い意地が張っているなんて、まるでどこかの武士崩れの兄ちゃんみたいだ。

熊吉は広い肩をすぼめ、「はぁ」と曖昧に頷く。頬が熱くなってきたのは、潮焼けのせいばかりではなかった。

二

炭火に炙られた大振りの蛤が、泡を吹きながらぱくりと口を開けた。そこへすかさず醤油と酒が垂らされて、再び煮立つのを横目に待つ。

茶店で働く女たちはこの近辺のおかみさんらしく、皆よく日に焼けて威勢がいい。

「はいよ!」と、よい頃合いの蛤が皿に乗せて差し出された。

指先で触れてみると、貝殻は熱くなっている。触れる面が少なくて済むよう縁を挟むように持ち、貝柱を箸で外す。そのまま口元へと運び、煮汁ごと身を啜り込んだ。

そのとたん口いっぱいに芳潤な海の香りが広がって、肉厚の身に溺れそうになる。

嚙みしめればさらに身の中から旨みが滲み出し、熊吉は思わず天を仰いだ。

「旨ぇ」

小さく呟きそろりと隣を窺えば、若旦那も目を閉じてじっくりと味わっている。こちらの視線に気づくと照れたように、「もう一つ食べないか？」と誘ってきた。

もちろん熊吉に、否やはなかった。

けっきょく焼き蛤を互いに三つずつ食べて、ようやく小腹が満たされた。皿に重ねられた貝殻は、どれも熊吉の手のひらを覆うほどに大きい。

二つに分かれた貝の模様を眺めていたら、ふと尋ねてみたくなった。

「それはそうと、お梅さんに土産の紅は渡したんですか」

京土産に熊吉が買った紅はほんのぽっちりだったが、若旦那は立派な蛤の殻に塗られたのを買っていた。お花によると先月十日の時点では、それはまだお梅の手に渡っていなかったようである。

その日からさらに、時は流れた。渡そうと思えば、いくらでも機会は作れたはずだ。ところが若旦那は、急にもじもじとうつむいてしまった。もしやと思ってはいたが、このお人の奥手っぷりは相当なものである。

「まだでしたか」

己の立場もうっかり忘れ、呆れた眼差しを向けてしまう。すると若旦那は言い訳を口にしながら、懐へ手を入れた。

「いや、こうして一応、持ち歩いちゃいるんだよ。でも江戸に帰ってからこっち、身の回りが騒がしかったろう。機を逃してしまって、渡すに渡せないんだよ」

若旦那が取り出したのは、小町紅と書かれた小さな木箱である。渡せないと言いつつ他出のたびに持ち歩いているのなら、なおのこと未練がましい。

周りがあんまりせっついても、初心な若旦那には仇となる。そう考えて静観を決め込んできたが、このままではなんの進展もなさそうである。

しょうがない。熊吉は己の膝を叩いて立ち上がった。

「それなら、今から参りましょう。宝屋のある本船町は、ちょうど帰り道にあるんですから」

まさかこんな流れになるとは、思ってもみなかったのだろう。若旦那が目に見えて焦りだす。

「しかし江戸に戻ってから丸々ふた月も経っているのに、今さら土産というのも。いまひとつ、格好がつかないじゃないか」

まったく、往生際が悪いったらない。熊吉はあえてしかつめらしい顔を作った。

「若旦那様、その紅を買ったのは己の体裁のためですか。違うでしょう」

事は慎重に運ばねば。この若旦那のことだ。秘めた恋心を不用意に暴いてしまっては、余計にお梅と顔を合わせづらくなるかもしれない。それならばと、義理を持ち出すことにした。

「お梅さんの取りなしのお蔭で、浅草の扇屋さんとご縁ができた。そのお礼じゃありませんか」

ひとまずは、そういうことにしておこう。若旦那は、礼儀を疎かにできぬお人だ。

「このところ俵屋が忙しなかったのは、先方もご存知のはず。礼が遅くなったことを詫びれば、ちゃんと分かってくれます。機は待ってもこの先訪れません。ならば今行くのがいいでしょう」

すでに礼を失しているのだから、できるかぎり早いほうがいい。そう促すと若旦那は、己に言い聞かせるように呟いた。

「うん、そうだな。これはあのときの礼なのだから。恥ずかしいことなどなにもないな」

なんとも世話の焼けること。だがこうなったら、この目でしっかり見届けねばなるまい。

熊吉は若旦那が怖じ気づいて途中で諦めてしまうことのないよう、宝屋までの供を申し出た。

手代たちから日向水のようだと陰口を叩かれていようとも、熊吉だけは若旦那のことを買っていた。

人当たりがよくとも芯があり、争いは好まないが悪事を見て見ぬふりもしない。この先俵屋が代替わりをしても、末永く仕えてゆこうと決めている。

それなのに女性が絡むと、このお人はどうもいけない。宝屋まであと少しというところまで来て熊吉は、不満を面に出さぬよう、頬をきゅっと引き締めた。

「考えてみれば私はまだ、お梅さんに一度しか会ったことがないからね。突然訪ねて行っても驚くだろう。だからね、頼まれておくれ」

もっともらしいことを言って、若旦那が熊吉の手に小町紅の木箱を託そうとするのだ。すでに本船町へ差しかかっているというのに、すっかり腰が引けている。

「いけません。せっかくですから、ご自分で渡しましょう」

「しかし私からではなく俵屋としての礼なのだから、手代を介したほうが道理に適っているだろう」

いかに言葉を弄したところで、惚れた女に対してどういう態度を取ればいいのか分からなくなっただけのこと。路上でいくら押し問答をしたとて、若旦那を奮い立たせることはできないようだ。

熊吉のお仕着せは、見る人が見れば俵屋の奉公人だと分かってしまう。店の評判を下げぬためにも、いつまでも揉めているわけにいかなかった。

「分かりました。では渡してまいりますから、こちらで待っていてください」

「ああ、頼んだよ」

盛んに行き来する魚河岸の仲買人や客の邪魔にならぬよう、若旦那は通りの端に身を寄せる。隠しきれぬほど大きなため息をつき、熊吉は身を翻して宝屋へと向かった。

足を踏み入れた店内は、手炙りで焼く海苔の香ばしいにおいに満たされている。のそりと入ってきた大男に気づき、お梅がすぐさま駆け寄ってきた。

「あら熊吉さん、いらっしゃい。どうしたの、外回りの途中じゃないの？」

梅の飾りがついたびらびら簪を揺らし、小首を傾げる様が愛らしい。熊吉でもそう感じるくらいだから、お梅に懸想している男はきっと他にもいるに違いない。

こりゃあますます、尻込みしてる場合じゃないんだけどなぁ。

なんでオイラが焦らなきゃいけないんだろう。腑に落ちぬ思いを抱きつつ、熊吉は託された木箱を差し出した。

「ちょいと、うちの若旦那様の使いでね。これ、遅くなっちまったけど京土産だとさ」

箱の表書きを見れば、中身がなにかはすぐ知れる。お梅はぱっちりとした目を、さらに大きく見開いた。

「お土産って、こんな高価なものを」

「扇屋さんとの縁を、繋いでくれた礼もあるんだと思うよ。お梅さんの働きは、決して安くないってことさ」

どうか素直に受け取っておくれと、華奢な手に木箱を握らせる。質のいい小町紅は、若い娘の憧れだ。お梅の頬が、ゆっくりと喜びに染まってゆく。

「じゃあ、ありがたくいただくわ。熊吉さん、ちょっと待ってもらっていい？　若旦那様に、お礼の手紙を書きたいんだけど」

「それなら、直に言ってやっとくれよ。表を出てすぐの所で待ってるはずだから」

「分かったわ。おっ母さん、アタシちょっと抜けるわね」

店の奥ではおかみさんが、宝屋印の紙で海苔を束ねている。話はすっかり聞いていたらしく、「ああ、行っといで」と手を振った。

小町紅の箱を胸に抱き、お梅が下駄を鳴らして駆けてゆく。熊吉の目論見はうまくいった。そのつもりがなければ若旦那を、往来に待たせておいたりはしないのだ。

店から出てきたお梅を見て、今ごろ若旦那は泡を食っているだろう。いい気味だと、熊吉は少しばかり溜飲を下げた。

さてこれで宝屋での用は済んだわけだが、すぐさま出てゆくのも野暮である。若旦那は拙いながらもお梅となにやら話しているはずで、そこへ通りかかって邪魔をするつもりは毛頭ない。

「ほら、お食べよ」

しばらくぼんやりしていると、おかみさんが進み出てきて炙った海苔を手渡してくれた。ありがたく、一枚いただくことにする。

歯を立てると海苔はパリッと小気味よく千切れ、香ばしさが鼻へと抜けてゆく。宝屋の海苔は、やはり旨い。

「しかしうちの子にまで土産をくれるなんて、俵屋の若旦那は気前がいいねぇ」

あれがたんなる土産ではないことに、おそらくおかみさんは気づいている。探るような眼差しを軽くいなし、熊吉はにっこりと微笑んだ。

「そりゃあもう。お梅さんには世話になってるからね」

「ま、ひとまずそういうことにしておくよ」

お梅もすでに十七だ。養い子ながら可愛い娘の嫁ぎ先には、おかみさんも頭を悩ませていることだろう。

しかし俵屋の一奉公人にすぎない熊吉は、主家の縁談に口を出せる立場にない。それが分かっているからおかみさんは、深く追及してこなかった。

「お梅さんには、お花も世話になってるからなおさらだよ」

気まずい話題を切り上げるため、熊吉は妹のような娘の名を口にする。お梅はお花の数少ない友人の一人であり、近ごろは前にも増して仲がいいようだ。

「このところよく遊びに来てるみたいだけど、邪魔になってないかい」

お花はこれまで友達と遊ぶのも後回しにして、『ぜんや』の手伝いに明け暮れていた。感心な娘じゃないかと言われればそれまでだが、熊吉の目には養い親にまで捨てられてなるものかと必死にしがみついているように見え、痛々しく感じることもあった。

しかしこのごろは「お梅ちゃんに会ってくる」と、一刻（二時間）ほど家を空ける日が増えてきたという。三日前に熊吉が『ぜんや』を訪れた際にもちょうど留守で、そういった変化をお妙は喜んでいるようだった。

幼いころにつらい目を見たお花には、どうかのびのびと育ってほしい。それが只次郎とお妙の願いである。親の顔色を窺って縮こまっているよりは、己の心のままに生きてくれたほうが嬉しいのだろう。

ところがおかみさんは熊吉の問いかけに、虚を突かれたような顔をした。

「邪魔もなにも、そう頻繁に来ちゃいないよ」

これには熊吉も、目を瞬く。たしかにお花の訪いは、頻繁というほどではないのかもしれないが。

「だけどほら、三日前にも来ただろう」

「三日前？　それならアタシも梅も一日中店にいたけど、来なかったよ」

もっと詳しく聞いてみると、どうもおかみさんの思い違いではないようだ。先月十日に来たっきり、お花は宝屋に顔を見せていないらしい。

ならばお花はお妙に嘘までついて、どこかに出かけているというわけだ。

「いったい、なにをしてやがるんだ」

これはぜひとも問いただして、叱ってやらねば。小作りなお花の顔を思い浮かべ、熊吉はちっと舌を打った。

三

お梅から懇切丁寧に礼を言われたらしく、帰路についた若旦那の足取りは夢見心地であった。

放っておくとあっちへふらふら、こっちへふらふら。動いている大八車の前にまで進み出ようとするものだから、危なっかしいったらありゃしない。

怪我をされては困るので後ろから帯を押さえ、どうにか本石町の俵屋にまで送り届けた。

ひと休みもせずその足で、熊吉は外回りへと向かう。どのみち今日は『ぜんや』で昼餉を食べるつもりで、昼八つ（午後二時）ごろには外神田にたどり着く段取りを立てていた。

若旦那につき合って思いのほか時を費やしてしまったが、そのぶんは早足で挽回だ。

肩に背負った風呂敷包みを揺すり上げ、熊吉は得意先回りに精を出した。

かくして昼八つの鐘を聞くころには、算段どおり神田花房町代地の『ぜんや』の前に立っていた。

お花のやつ、まさか今日も留守ってこたぁねぇだろうな。

埃っぽい風が吹きはじめたせいか、店の表戸は閉められている。熊吉は額に滲んだ汗を手拭いで拭ってから、勢いよく引き戸を開けた。

「おいでなさいま——あ、熊ちゃん」

よかった、お花は出かけていなかった。縞木綿の着物に市松柄の前掛けという出で立ちで、入ってきた熊吉を出迎える。

店内には、思いがけぬお人もいた。小上がりに目を遣ったとたん、熊吉はぎょっとして一歩後ろに下がってしまった。

「ああ、熊吉。やっと来ましたか」

ちょいちょいと手招きをされて、もはや逃げも隠れもできやしない。只次郎と酒を酌み交わしている俵屋の旦那様の前へ、熊吉は大人しく進み出た。

「上がりなさい」と促され、荷物を解いて下駄を脱ぐ。すでに食事は終えたようで、旦那様は蕪の糠漬けでゆるりと酒を飲んでいた。

「こちらにお越しでしたか」

偽声騒動からこっち、俵屋では旦那様と若旦那のどちらかが必ず店に居残るよう用心している。ならば若旦那の戻りを待ってから、旦那様は『ぜんや』に赴いたのであろう。近ごろは只次郎も出歩くのを控えているようだから、酒の相手にはちょうどいい。

「今時分に来たってことは、今日は飯を食べてくんだね？」

熊吉が小上がりに落ち着いたのを見て、給仕のお勝が問いかけてくる。旦那様に見られながらじゃ食べづらいが、べつに悪いことをしているわけではない。

「ああ、お願い」

返事をすると、調理場にいたお妙がさっそく小振りの土鍋を七厘にかける。毎度炊きたての飯を出すのが『ぜんや』の売りである。

飯が炊けるのを待つ間にお花を裏に呼び出そうと思っていたが、旦那様がいるんじゃ身動きが取れない。仕方がないから熊吉は、風呂敷包みを開いて先に仕事を済ませることにする。

「聞いたよ。深川の小間物屋、悪くなかったみたいだね」

売れた龍気補養丹の補充をしていたら、只次郎が話しかけてきた。

七声の佐助に、声を盗まれた経緯がある。それゆえ『ぜんや』に見知らぬ顔があると内向きの話は控えるのだが、今日はいつも長っ尻の「カク」や「マル」の姿すらない。ならばいいかと頷き返した。

「お蔭様で。いい関係を築けそうだよ」

旦那様は、帰宅した若旦那からすでに報告を受けているはず。「ありがたいことですねぇ」と、目を細めて盃の酒を干す。

しかし顔を正面に戻したときには、その目はもう笑っていなかった。

「ところで、熊吉」

名を呼ばれ、なぜか脇腹がぞっと冷える。声色を変えたわけでもないのに、この凄みはなにごとだ。熊吉は作業の手を止めて、居住まいを正した。

「お前さん、もう一つ私に言わなきゃいけないことがあるだろう」

「はっ？」

驚いて、不躾な声が出てしまった。慌てて思い返してみても、仕事に関して旦那様への報告を怠ったことなどないはずだ。

心当たりはありません。そういう顔をしていたら、旦那様はこれ見よがしにため息をついた。

「私ももう歳だからね、そろそろ隠居したいんだ。だがその前に、片づけておきたいことがある。お前はそれを知っているだろう？」

知っている。一つは龍気補養丹を売り出すこと。そしてもう一つは、女が苦手な若旦那に嫁を見つけてやることだ。

　まさかと思い、旦那様と酒を酌み交わす只次郎に目を移す。すると只次郎は、詫びるようにちょっと肩をすくめて見せた。

　間違いない。若旦那の淡い恋心は、すっかり旦那様の知るところとなってしまったのだ。

「前々から気にしちゃいたんだよ。あの子が懐に出し入れしている土産の紅は、誰に渡すつもりなのかとね」

　手にしていた盃を置き、旦那様が体ごと熊吉に向き直る。表情は穏やかだが、目の奥が冷えている。これは相当、機嫌を損ねているようだ。

「一向に渡す気配がないから、やきもきしていたんだが。それが今日にかぎって、妙に浮かれて帰ってきた。まさか相手は深川の芸者かと、邪推しちまうじゃありませんか」

　若旦那の歳を考えれば、今さら芸者遊びに時を費やしていないで早く所帯を持ってほしいと思うのも道理。そこで旦那様はなんらかの事情を知っていそうな只次郎から話を聞くべく、『ぜんや』に赴いたというわけだ。

「すまないね」

言葉とは裏腹に、只次郎には悪びれた様子もない。この男なら問われてもしらを切ることくらいできたろうに、洗いざらい話してしまうことを選んだのだ。

「そりゃあ私も、若旦那の気持ちが熟すのを待ってあげたかったけどね。お梅さんは人気があるから、うかうかしてると他の男と縁づいてしまうだろう。だからもう、周りが動いちまったほうがいいと思ったんだよ」

理屈は分かる。しかしお梅への好意を若旦那が自ら恋と名づけるまでは、様子を見守っていたかった。だって旦那様が動きだせば、それはもはや当人同士ではなく家同士の問題だ。若旦那は尻込みしたまま、流されてゆくしかなくなる。

「まさかお前も知っていたとはね。だったら前もって、耳打ちしといてほしかったものですよ」

旦那様の叱責(しっせき)に、「すみません」とうなだれる。

熊吉は若旦那の子分ではなく、あくまで俵屋の奉公人。立場を忘れるなと言われれば、言い返す言葉もない。

「あんまり虐(いじ)めてやるんじゃないよ。それだけ熊吉は若旦那を大事に思ってるってことだろ。俵屋のこの先を考えたら、いいことじゃないか」

見かねてお勝が、助け船を出してくれた。床几に掛けて、ぷかりと煙を吐いている。煙草を吸いながら旦那様に意見できるのなんて、この人くらいのものである。

「そうですよ。私たちだってそうと知りながら今まで黙っていたんですから、熊吉の気持ちも分かります」

飯が炊けたらしく、お妙が料理を運んでくる。甘く香ばしい米のにおいに、不埒にも空腹を覚える。

「やれやれ、ここの女の人たちは熊吉に甘いったらないですね」

旦那様の注意が逸れたのをいいことに、熊吉は膝先に置かれた折敷に素早く目を落とした。

コゴミの味噌漬け、蕪の焼き田楽、筍の土佐煮、それから魚の切り身の塩焼きと、汁は浅蜊の吸い物だ。飯はいつもどおり、土鍋のまま供されている。

「お妙さんの料理が冷めちゃいけないから、まぁ食べながら聞きなさい」

旦那様に促され、素直に箸を取る。吸い物を啜ると、さっそくその奥深い味わいに呻らされた。

浅蜊の旨みが強いため、醬油と酒はほんの香りづけ程度にしか入れていないようである。その匙加減が絶妙で、細かく切って散らした三つ葉の風味が後から追いついてくる。

素材を活かした、優しい味だ。しかし今はその旨さを存分に味わう心の余裕がない。

「でもね、俵屋のこの先を考えるなら、うちの若旦那の縁談こそが今後を左右するんですよ」

話を続ける旦那様の声は落ち着いていて、するりと耳に染み込んでくる。俵屋の主としては、もっともな考えだった。

「私はこれでも嫁取りに関しては、若旦那を尊重してきたつもりです。あの子が女性を苦手とすることは分かっていましたからね。無理強いはよくないと、慎重に機会を窺ってきました」

口振りからすると、お妙やお勝にも言い聞かせているのだろう。旦那様の説教を、お花までがおろおろしながら聞いている。

「そうしてようやくあの子にも、気になる女性が現れた。その相手がお梅さんだというなら、私も願ったりです。これ以上は、もう待てません」

宝屋自体はさほど大きな店ではないが、東叡山御用達を謳う扇屋の分家である。俵屋としても、よい縁組みだ。しかもお梅ならば人となりが分かっている。

若旦那の恋の相手が芸者だったならば手切れの算段をつけただろうが、お梅と聞いて欲が出た。つまり旦那様は、明るく働き者のあの子をぜひとも嫁に迎えたいのだ。

「そんなわけで宝屋さんには、さっそく人を介して縁談を申し入れましょう。善は急げですよ」

やはり熊吉が懸念したとおりである。若旦那の気持ちもたしかめもせず、勝手に話が転がりだした。それが世の常と、頭では分かっているのだが。

「お待ちください。せめて若旦那様と一度、とっくり話をしてみてください」

「なにを話せと。息子がお梅さんを気に入っていることは、間違いがないんだろう」

「それはそうですが——」

思い出されるのは龍気補養丹も嫁取りも「荷が重い」と零した、若旦那の弱り顔だ。あれはたしか吉原での売り込みが、不首尾に終わった帰り道だった。父親ができすぎるせいか、あのお人はどうも自分に自信がないのだ。

そんな心持ちでお梅を迎え入れたところで、はたしてうまくいくだろうか。若すぎる妻に遠慮して、ぎこちない仲になりはしまいか。

もちろん男と女のことだから、どう転ぶかは分からない。熊吉は、余計な心配をしているのかもしれなかった。

「ときに熊吉、この切り身はなんの魚か分かりますか」

旦那様が唐突に、熊吉の前に並べられた料理を指差す。まだ箸をつけていない、魚の塩焼きである。

ほどよく焼けた皮の色合いからすると、黒鯛（くろだい）だろうか。判然とせず首を傾げていると、代わりにお妙が答えた。

「鮸（にべ）です」

耳慣れぬ名の魚である。お妙曰く、やや水っぽいが鯛に似た味らしい。ならばこれまでにも、鯛だと思い込んで食べたことがあるのかもしれない。

「まったく知らないということはないはずだよ。この魚の浮き袋からは、質のいい膠（にかわ）が取れる。鮸膠（にべにかわ）と言ってね。その粘着質（ねんちゃくしつ）なところから、人との親密さを表す言葉にもなった。だからほら、愛想がないことを『にべもない』と言うだろう」

只次郎の解説に、熊吉ばかりでなくお花までが「へぇ」と目を見開いている。まさかその言葉の元になったのが、魚の鮸とは思いもよらなかった。

「そう、その鮸ですよ。そう頻繁に食べる魚ではないのに、ちょうどお梅さんの話を聞いているときに出てきたんです。そのとき私はね、自らが若い二人の膠になるべきだと強く感じたわけですよ」

旦那様が己の胸に手を当てて、これは偶然ではないと説（と）く。日頃から迷信のようなものは信じない性質なのに、どういった心境の変化だろう。

ただのこじつけのように思えて、すんなりとは飲み込めない。熊吉は「はぁ」と、心ここにあらずな相槌を打った。

「俵屋さんたら、それで張りきっていたんですか。そりゃあ鯱もびっくりですよ」

只次郎が笑いながら、ちろりに残った酒を注ごうとする。旦那様はそれを断って、ぴしゃりと返した。

「そんなことはね、意中の女性と一緒になるのに四年もかかった人に言われたかありませんよ」

それもそうだ。若かりし日の只次郎の、なんと頼りなかったことか。

お勝が煙草の煙に噎せながら、「違いない」と腹を抱えて笑っている。只次郎は気まずそうに頰を掻き、お妙と目を見交わした。

「さて、仲人は誰に頼みましょうか。こうしちゃいられませんね。お妙さん、勘定をお願いします」

旦那様はこの縁談に、すっかり乗り気になってしまった。じっとしていられないらしく、いそいそと帰り支度をはじめる。立って見送ろうとした熊吉を、「食べている途中だから構わないよ」と押し留めた。

横着ではあるが、座ったまま頭を下げて旦那様を送り出す。お梅との縁談が無事まとまれば、めでたい話ではあるのだ。これ以上、水を差してもしょうがなかった。

「もっともらしいことを言ってましたが、けっきょくのところ俵屋さんは、早く孫の顔が見たいってだけじゃないでしょうか」

残った酒を自分の盃に注ぎ、只次郎が唇(くちびる)を尖(とが)らせる。若いころの不甲斐(ふがい)なさをあてこすられて、拗(す)ねているのだ。

「ああたぶん、そうなんだろうなぁ」

そうでもなければ旦那様の性急ぶりに、説明がつかない。熊吉はやれやれと膝を崩し、深いため息をついた。

「お梅ちゃん、いい子だもんねぇ。あの子が産んでくれるなら、アタシだって早く孫を抱きたくなるよ」

そう言って、しみじみと首を振るのはお勝である。旦那様が使っていた盃や箸を下げにきたお花が、「えっ」と目をまん丸にした。

「お梅ちゃん、おっ母さんになるの？」

この娘は、なにをとぼけているのか。縁談がまとまれば、いずれはそうなるであろうに。

「まだなにも決まっちゃいねぇけどな。お梅さんには、めったなことを言うなよ」

しっかり釘を刺しておいて、熊吉は鮸の塩焼きに箸を伸ばす。柔らかい身をほぐしていると、お妙がすまなそうな顔をした。

「なんだか、ごめんなさいね」

まさかたまたま鮸料理を出した日に、縁談が持ち上がるとは思ってもみなかったろう。言われてみればたしかに、因縁めいたものを感じなくもない。

「お妙さんが謝ることじゃねぇよ」

なぜだか知らないが、そういう巡り合わせだったのだ。べつに鮸が供されずとも、旦那様はいずれ縁談に乗り気になっていただろう。

因縁があるんだかないんだかよく分からない鮸の身を、口に含む。お妙が言うほど水っぽくはなく、ふっくらとして甘い。なにより焼き目のついた皮に風味があり、ほどよい塩加減が旨みを引き立てている。

この鮸が、吉と出るか凶と出るか。先のことは見えないから、熊吉はたしかなことだけを呟いた。

「ああ、こりゃあ旨ぇ」

四

『ぜんや』の勝手口を出て、溝板を踏んでゆく。裏店が建ち並ぶ手前の広場には井戸や便所、稲荷の社といったものがあり、幼い子供たちが元気いっぱいに走り回っていた。

夕餉の支度にはまだ早く、井戸端には小さな背中が一つあるっきり。熊吉は下駄を鳴らして近づいてゆき、その背後に立ち止まった。

「よぉ」

さっきまで店の中で顔を合わせていたが、あらためて挨拶をする。大きな盥の前にしゃがんでいたお花は、首が痛くなるのではと案じられるほどうなじを反らして見上げてきた。

本当に首を痛めては可哀想だ。熊吉は肩に背負った商売道具をいったん下ろし、その隣にうずくまる。

「もう行くの？」

皿洗いの手を止めず、お花が尋ねる。誤って包丁で切ってしまった指は、すっかり治ったようである。

「ああ。その前にちょっと、聞いときたくてよ」

「なにを？」

旦那様のお蔭で段取りが狂ってしまったが、そもそもこれを問いただしに来たのである。熊吉は、ちょっと咳払(せきばら)いをしてから切り出した。

「お前、三日前留守にしてたろ。あんとき、どこ行ってた」

そのとたん、お花の手からつるりと皿が滑(すべ)る。考える前に腕が伸び、熊吉は危ういところでそれを受け止めた。

お花が好んで使っている、継(つ)ぎをした志野焼(しのやき)の皿だ。これを割ってしまったら、もう直せなかったかもしれない。

「おいおい、気をつけろ」

それにしても、分かりやすい娘である。あそこで皿を取り落とすなんて、やましいことがありますと言っているようなものだ。

「ありがとう」と皿を受け取る手も、小刻(こきざ)みに震えている。

「それで、どこに行ってたんだ？」

逃すまじと、重ねて問うた。お花は盥に目を落とし、熱心に皿を擦(こす)りだす。

「お梅ちゃんのところ」

「じゃ、ねぇよな。宝屋のおかみさんから聞いてきた。お前とは、先月の十日に会ったきりだとさ」

たとえば泥鰌なんかを掬うときは、こういう感じなのだろうか。じりじりと逃げ場のないところに追い詰めて、さっと仕留める。そんな光景が頭に思い浮かぶくらい、お花は余裕をなくしていた。

「お妙さんや只次郎さんには、言わないで」

濡れた手で、こちらの袖を掴んでくる。手拭いを渡してやりながら、熊吉は肩をすくめた。

「そりゃあ、事と次第によるかな」

お花はぼんやりしているから、知らぬ間に悪事に巻き込まれることもあるかもしれない。どうもきな臭いと感じたら、さすがに黙っていることはできない。

「違うの」と、お花は首を振る。

「会いたいって言うから、会って話をしてるだけ。それ以外なにもしてないの。だから許して」

これは駄目だ。取り乱してしまって、要領を得ない。熊吉は、その華奢な背中を撫でてやる。

「ひとまず落ち着け。誰と会ってんだよ」

尋ねると、お花は渡した手拭いにサッと顔を埋(うず)めてしまった。隠しきれぬ耳朶(みみたぶ)が、だんだん赤く染まってゆく。

おいおい、なんだよこの手応(てごた)えは。

これはもしや、恥じらっているのだろうか。思いもよらぬお花の態度に、今度は熊吉が狼狽(うろた)える番だった。

まさか、嘘だろう。相手は男なのか？

春だからか、あちこちで恋が芽生(めば)えようとしている。まだまだ子供だとは思うが、お花も十五だ。そろそろそういう感情を、知りはじめてもおかしくはない。

いったいどこの野郎だと、問い詰めそうになって堪(こら)えた。会って話をしているだけなら、そんなに責めることでもない。むしろ分別のある相手であろう。

「好きなのか、そいつのこと」

辛(かろ)うじて、それだけ問うた。

お花は手拭いから片目を出してチラッと熊吉を窺い、またすぐに引っ込めた。

「どうなんだろう。まだ、よく分からない」

豆絞りの手拭いの向こうから、くぐもった声が聞こえる。ということは、まったく脈がないというわけでもないのだ。

なんてこった、いつの間に――。

この歳ごろの女の子の、心と体の成長は早い。お馬だってきたのだから、この先は一足飛びに大人になってゆく。棒っきれで地面に文字を書いて教えてやっていたころが、まるで嘘のようである。

まぁこいつも、あと二、三年もすりゃ嫁に行くんだろうからな。

その程度の年月なら、あっという間だ。手代のうちは所帯など持てないから、熊吉が先を越されることは分かっている。人の親になるのだって、きっとお花が先だ。下手すりゃ自分が一人前と認められるころには、お花は孫の顔を見ているかもしれない。

妹のようなものと思っていた女の子が、熊吉をどんどん追い越してゆく。下手すりゃ自分が一人前と認められるころには、お花は孫の顔を見ているかもしれない。

だいいちガキのころにお妙さんに惚れたっきり、いいと思える女もいねぇしな。ならばもうすでに、追い抜かれているのではなかろうか。少なくともお花には、顔を赤らめるような相手がすでにいる。

「黙っててくれる?」

熊吉が口をつぐんでしまったから、お花は不安げだ。顔をすっかり露わにして、潤んだ目を向けてくる。

さて、どうしたものか。お花が逢い引きしていると知ればお妙はともかく、只次郎がいらぬ心配をして相手の素性を明らかにせんと動くだろう。

まだ好きかどうかも判然としない胸の内を、掻き回されては可哀想だ。ついさっき若旦那の例を見たばかりだから、よけいにそう感じられた。

「そいつとは、部屋で二人っきりになったりしないか？」

「うん。いつも、外で会ってる」

お花の身が安全ならば、わざわざ只次郎たちに告げ知らせることもないか。周りに人の目があれば、無体を働かれることもあるまい。

「会うのは必ず、昼のうちにな」

「そうしてる」

「人気のないところに連れてかれそうになったら、大声を出すんだぞ」

「分かった」

頬を引き締め、お花が頷く。その大真面目な様子が可笑しくて、熊吉は目元を緩めた。

「そういうことならひとまずは、黙っといてやるよ」

「よかった。熊ちゃん、ありがとう」

やっぱりまだまだ、子供だと思うけどなぁ。

安堵（あんど）のにじんだお花の顔は、驚くほどあどけない。だがもしかすると逢い引きの相手には、熊吉の知らない表情を見せているのかもしれない。

お花の鬢（びん）のほつれ毛が、埃っぽい風にそよいでいる。熊吉はそれを手で撫でつけてやる。

同じ風に運ばれてきた桜の花片（はなびら）が、ひらりと舞って盥に落ちる。汚れた水に浮かぶそれは、たちまちに色褪（いろあ）せてしまった。

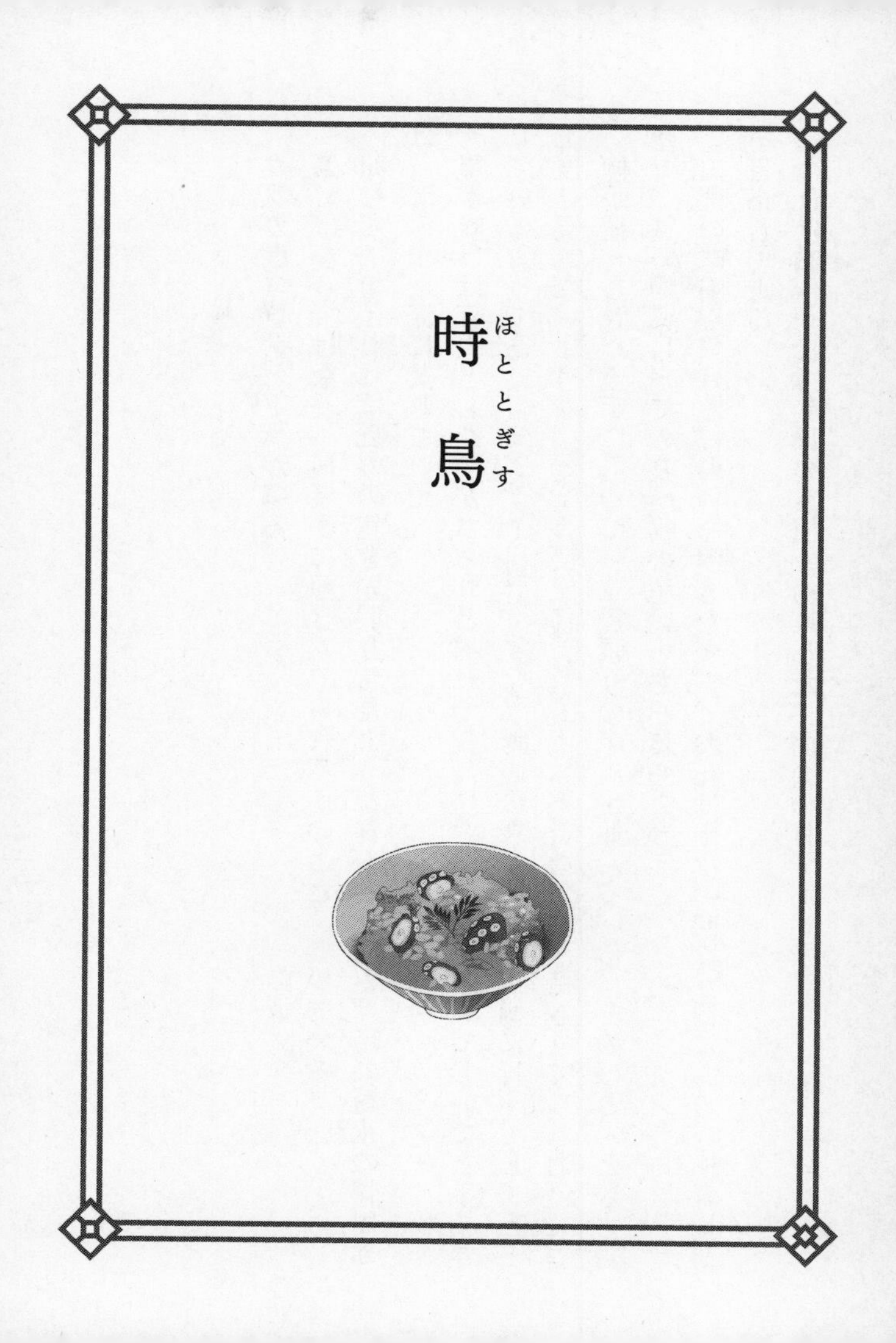

時鳥（ほととぎす）

一

カラカラコロンと下駄が鳴る。

楽しげな音ではなく、何者かに急き立てられるかのごとく響いている。

卯月も下旬となれば夏の陽気を先取りしたような日もあり、駆け足のお花の帯周りは、滲み出た汗に蒸れていた。

風が吹けば青々とした柳がさらりと揺れて、目に涼しい。だがおいでおいでと手招きしているようであり、恐ろしくも感じられる。誘いに乗ってあちら側に行ってしまうと、二度と戻れないような。意志を持たぬ揺れかたに、不吉な想像が掻き立てられた。

柳が植えられた土手に沿って、葦簀張りの床店が並んでいる。そのほとんどが古着屋で、買い物客目当ての食べ物の屋台もちらほらと窺えた。

田楽の味噌が焦げるにおいを嗅ぎながら、お花は土手の向こう側にある、柳森稲荷を目指して走る。

今日は二十一日。実母のお槙と約束した、面会の日であった。

本音を言えば、この約束はもうやめにしたい。お妙や只次郎に隠れて人に会っていることが、先日熊吉にばれてしまった。

店を抜ける口実に、お梅を使ったことも知られていた。宝屋のおかみさんだって、きっと訝しんでいるだろう。なぜ嘘をついたのかと問い詰められては困るから、宝屋にも足を向けられない。

お梅には俵屋の若旦那との縁談が持ち込まれたはずで、それについてどう思っているのか聞いてみたい気がするけれど。当分は、会いに行かぬことにした。

「お梅ちゃんに会ってくる」が使えないとなれば、どうやって店から抜け出したものか。神田花房町代地から柳森稲荷まで、駆け足ならさほどもかからない。行って帰ってくるだけなら、なんとか厠だとごまかせる。

けれどもお槇と会って、話をする暇を加えると——。長すぎる「厠」を心配して、お妙が様子を見に行きかねない。

もとより誰にも内緒で会うなんて、無理のあることなのだ。暑かろうが寒かろうがお花を外に放り出していたお槇と、お妙は違う。出かけるなら行き先を告げておかねばならないし、あんまり遅くなると迎えがくる。十五の娘を野放しにしておくほど、だらしのない親ではなかった。

柳の揺れる堤を越えて、川縁に建つ鳥居をくぐる。神田川は荷を運ぶ舟で賑わっており、釣り人の姿もちらほらと窺えた。誰がどこで見ているか分からないから、お花は素早く境内に駆け込んだ。

柳森稲荷はこぢんまりとした社である。樹木が大きくせり出して敷地の大部分が日蔭となり、中は少しひんやりしている。急いで駆けてきた身にはありがたく、お花は松の木の下で乱れた呼吸を整えた。

参拝客はぽつぽつとやって来るものの、お詣りをして速やかに帰ってゆく。そのため境内は静かである。どこかで鳴いている藪鶯は、誰に習ったのか、なかなかいい喉をしていた。

あたりを見回してみるも、お槇はまだ来ていないようだ。時は取らせない、ただ顔を見るだけで充分だと、涙ながらに訴えてきたくせに。だから熊吉にばれてからも、急ぎでもないお使いを申し出たりして、どうにか都合をつけてきた。

でも前回の一のつく日、すなわち十一日は、昼過ぎに只次郎の鶯指南の客が流れてきて盛況となったため、『ぜんや』を抜け出すことができなかった。するとお槇は手紙をしたため、それをなんと、おかやに託したのである。

「知らないおばさんから、お花ちゃんに渡してほしいって預かったんだけど」

と、手紙を差し出されたときは肝が冷えた。お妙たちの目がある店内ではなく、井戸端で渡されたのがせめてもの救いだった。

手紙には、たどたどしいかな文字が並んでいた。待ちぼうけを食らったことに対する恨み言は一切なく、ただ二十一日も待っているよと伝えてきただけだった。

申し訳なさが、胸に募る。しかし会えなかったからといって、身の回りをうろつかれるのは困るのだ。昔とは見た目が変わっていても、鋭いお妙ならお槇と気づいてしまうかも。万が一にも、出くわしてもらいたくはなかった。

もう会わないって、ちゃんと言わなきゃ。

これ以上、嘘をついてごまかし通せる気がしない。この先もお妙と只次郎の子でいたいと、自分の中で答えは出ている。ならばもっと早いうちから、お槇の頼みを断っておくべきだったのだ。

それなのにずるずると会い続けてしまったのは、お槇の言動の中に少しでも、愛情の片鱗を見つけたかったからかもしれない。我が子を一途に待つ母の姿は、その表れのように思えた。

でもけっきょく、なんにも話せやしないし――。

こればっかりは、どうしようもない。お槇を前にすると、体が縮こまって言葉がうまく紡げなくなる。怒られやしないかと萎縮して、問われたことに短く答えるのが精一杯。笑顔一つ作れぬ娘に、お槇は時折鼻白んだ様子を見せた。

まったく会いたくないわけじゃないけど、会うのは大変だし、会うとつらい。こんがらかった胸の内は、自分でも解きほぐせない。お槇に会いたいと請われると、鳩尾あたりがキュッと切なくなり、涙が出そうになってしまう。そんな感情を、お妙には悟られたくなかった。

けれどもお槇は、いっこうに来ない。

さほど広くもない境内をぐるりと回ってみたものの、やはりその姿はなかった。少ししか会えないって、分かってるはずなのに。

焦りでさらに、汗が滲む。昼餉の客が落ち着いた隙に、川辺で蓼を摘んでくると言って出てきた。使うのは明日だから朝湯の帰りにでも摘めばいいものを、妙に張りきってしまったから、変に思われたかもしれない。

「遅いな」と、独り言が洩れた。

蓼ならば、すぐそこの神田川に生えている。でもそれを探す手間を考えると、お槇を待つ余裕はいくらもない。

でも今日会えなかったら、来月一日にまた来なきゃいけなくなる。もうこれっきりにしようと、決意を固めてきたというのに。またしばらくは、心穏やかでない日々を過ごす羽目になる。

せめてこちらから、連絡を取れる手段があるといいのだが。人に手紙を託そうにも、お花はお槇の住まいを知らない。大川の向こうから来ているようだが、在所については詳しく教えてもらえなかった。

「すまないけど、アタシもお前と会ってることは内緒なんだ。亭主がいい顔をしないからね」

と言われては、それ以上踏み込めない。お花がそうであるように、お槇にものっぴきならない事情があるのだろう。

それにしても、困った。まさかお槇と会えないとは、思ってもみなかった。

待ち人は来ぬままに、時だけがじりじりと過ぎてゆく。気が急いて、じっとしていられない。もう一度境内をぐるりとして、それでもいなかったら帰ろうと心に決めた。

本殿の他に末社がいくつもある境内は、奥に行くほど建物が混み合っている。見落としがないよう慎重に首を巡らせるも、やはりお槇は見つからない。

しょうがない。今日のところは、諦めよう。

足を止めて、重いため息をつく。

無造作に置かれた、大きな石の前だった。若者たちが力比べに持ち上げる、力石である。

項垂れたお花の視線は、その傍らに茂る羊歯の一群に吸い寄せられた。

「卵？」

思わず呟き、しゃがみ込む。重なり合った羊歯の葉の上に、小さな卵が落ちていた。

鶉の卵よりもまだ小さく、全体が艶やかな赤茶色だ。

巣から落ちたのかと上を見上げてみるも、それらしきものは見当たらない。そっと手に取って確かめると、卵には罅一つ入っていなかった。

柔らかな羊歯の葉が、卵を受け止めてくれたのだろう。もう少し右に逸れて力石の上に落ちていたら、ひとたまりもなかったはずだ。

頭上から、「キョッキョ、キョキョキョキョキョ！」と鳴く鳥の声がする。親鳥が卵を探しているのだろうか。でもどんなに目を凝らしても、見つからぬ巣には戻してやれそうにない。

お花は懐から手拭いを出し、卵を包む。このまま放っておくには忍びなく、持ち帰って只次郎に見てもらおうと思った。中身が割れてしまわないよう、それをそっと懐に戻す。

とそのとき、背後に人の立つ気配があった。

「なぁ、アンタがお花さんかい？」

お槇ではない、若々しい男の声だ。振り返るとお花と同じ歳ごろの少年が、首を傾げて立っていた。

人のことは言えないが、地味な顔立ちの子だ。藍染めの木綿を尻っ端折りに着て、股引を穿いている。職人の弟子といった風体である。

知らない子、だよね？

お花の知人は、さほど多くない。記憶の底を浚ってみても、心当たりはなかった。

「ねぇちょっと、聞こえてる？」

「あ、はい！」

前掛けを払い、慌てて立ち上がった。男の子の目は、お花より少し高いくらいだ。

「お花さんだな？」

もう一度問われ、頷き返す。相手は安堵したように息を吐いた。

「会えてよかった。お槇さんからの使いだ。風邪をひいちまって、来られないとさ」

「えっ、平気なの？」

「たいしたこたねぇ。寝てりゃ治るよ」

「そう、よかった」

かつては冬でも薪炭の足りぬ暮らしをしていたのに、お槇は風邪一つひかなかった。もとより体の丈夫な人だったのだろう。

二日酔いに苦しんで寝込む姿は何度も見たが、それでも夕方には起きてくる。もとより体の丈夫な人だったのだろう。

そんなお槇が風邪だと聞けば、驚きもする。それを知らせるために、わざわざ人を遣わしてくれたことも意外だった。この五年半でお槇は、本当に変わったのだ。

「あの、あなたは？」

おずおずと、尋ねてみる。この少年とお槇は、どういった間柄なのだろう。

「ああ、俺は弟子だ。お槇さんのご亭主のな」

「なんの弟子？」

「大工だよ。聞いてねぇのか？」

言われてみれば、少年からは真新しい材木の香りがする。白粉のにおいに紛れていたものの、同じ香りがたしかにお槇にも染みついていた。

「そうだったんだ」

大工の親方のおかみさんなら、暮らし向きはいいはずだ。たまになら芝居を見に行くこともできると言っていた、お槇の言葉どおりである。いい人と巡り会えてよかったと、素直に思うことができた。

お花だけが心の支えでないのなら、この密会は終わりにしたって平気だろう。でもこの弟子に、言付けを頼んでいいものか。お花はしばし迷った。

捨てた子と会っていることは、亭主には内緒だと聞いている。ならばこの弟子も、事情を知らぬまま使いに遣られただけかもしれない。

せめて紙と矢立があれば、手紙を託せるのに。

持っていないか聞こうとして、口を開きかける。だがその前に、少年のほうからずいと顔を寄せてきた。

「なぁアンタ、菱屋のご隠居の孫なんだって？」

「えっ？」

思いがけぬ問いかけに、目も口もまん丸にして固まってしまう。お花は老いてもなお闊達な、ご隠居の面影を思い浮かべる。

只次郎が武士の身分を捨てて町人になったとき、体裁を整えるために菱屋の養子という形を取った。そういうことならお花はたしかに、ご隠居の孫という立場にある。

大伝馬町に店を構える太物問屋の孫だなんて、畏れ多くてとても口にはできないのだが。お花は気後れして、控えめに頷いた。

「へぇ」

少年が、興味を引かれたように目を細める。

「俵屋や三文字屋や、升川屋の旦那とも知り合いなんだろ？」

そんなことを、どうして知っているのだろう。警戒して、お花は軽く身を引いた。

「いや、怖がらなくっていい。俺は熊吉と友達なんだ」

「熊ちゃんと？」

それならべつに、自分のことを知っていても不思議はないか。なにかのついでに、『ぜんや』の話をしたのかもしれない。

「ああ、蓮根の煮物がいまだに苦手な熊吉だよ」

「蓮餅は好きなのにね」

お花はうふふと口元を笑ませる。「べつに食えなくはねぇよ」と強がって、蓮根の煮物を口に含む熊吉が思い出された。食べ物の好き嫌いまで知っているなら、この少年を信じてもよかろう。

「旦那たちは、今もよく店に来るのか？」

「うん。久し振りに、明日みんなで集まるの」

だから問われたことに、正直に答えた。

馴染みの旦那衆が一堂に会するのは、昨年の鰻づくし以来である。

「そりゃあ豪勢なことだ」

少年が茶化すように口笛を吹く。実際に『ぜんや』のような小さな居酒屋に、江戸屈指の大店の旦那が集まるなんて嘘みたいな話である。

「そうだ、ならいい物をやるよ」

己の懐をまさぐって、少年はなにやら紙に包まれたものを取り出した。手のひらの上で開いて、中身を見せてくる。

干からびた里芋のような、茶色い塊が一つきり。これはいったいなんだろうと、お花は小首を傾げた。

「桂皮だよ。細かく砕いて酒の甕に入れとくと、風味がよくなる。旦那たちに振る舞ってやんな」

「いいの？　ありがとう」

紙で包み直されたそれを、ありがたく受け取る。親切な子だなと思った。

「じゃ、俺はこれで」

言うが早いか、少年はくるりと身を翻す。聞こえなかったようだ。

「待って！」と引き留めるも、聞こえなかったようだ。振り返りもせず、軽やかに走り去ってゆく。

静まり返った境内には葉擦れの音と、「キョキョキョキョ！」と鳴く鳥の声だけが響いていた。

二

「ああこれは、鶯の卵だね」

只次郎は、『春告堂』の二階にいた。拾ってきた卵を差し出すと、ひと目見てそう言った。

「間違いないよ。なにせハリオたちは、卵から孵したんだからね」

名を呼ばれたことに気づいたのか、籠桶の中でハリオが「ホー、ホケキョ！」と鳴く。それにつられて預かりの鶯たちも、思い思いに鳴き声を披露しはじめた。

鳴きつけのために預かっている鶯は、たったの五羽。それ以上はハリオの負担になるからと、断ってしまったらしい。

まだまだ元気に見えるけど、先代のルリオは十年で死んだ。すでに九つを数えるハリオの体を、気遣ってのことである。

預かりの枠が減ったぶん、客同士で値を吊り上げたため、実入りはむしろ増えたというから不思議なものだ。「少ない恩恵は、やはり奪い合いになってしまうね」と只次郎は苦笑していたが、お花にはそこまでする熱意が理解できなかった。

べつにうまく鳴けなくたって、鶯はみんな可愛いのに——。

只次郎を手伝って毎日世話をしているから、どの子もそれぞれに愛らしい。「ホー、ホペチョ！」と語尾が潰れてしまう鶯だって、愛嬌があっていいと思う。できることならこの手の中の卵も、救ってやれるといいのだが。

「温めたら、孵るかな」

尋ねると文机に向かって書き物をしていた只次郎は、いったん筆を置いて「うーん」と呻った。

「もしかすると、中で死んでいるかもしれないけれど」

そう言って立ち上がり、鮒粉や擂り鉢、使っていない籠桶などを収めた茶箪笥から、藁で編まれたふごを取り出した。

壺状のもので、これが小鳥たちの巣の代わりとなる。只次郎はお花から卵を受け取ると、その中にそっと置いた。

「どうだろう、温めてくれるかな」

『ぜんや』の間取りと同じく、二階は二間続きである。仕切りの襖は開け放したままで、隣室にはやや大振りの鳥籠が置かれていた。

その中では二羽の鶯が、互いに羽繕いをしながらのんびりと過ごしている。ハリオの姉妹の、サンゴとコハクである。

彼女らも若いころは、雄鶯を発憤させるため鶯飼いの好事家の元へ貸し出されていたものだ。元来鶯は、雌に惚れてもらうために喉を鍛える。鳴きの悪い鶯も器量よしの彼女らを振り向かせようとして、いい声を聴かせてくれたそうだ。

そんな彼女らも歳を経て役目を解かれ、只次郎の元で余生を送っている。まだまだ元気そうだがサンゴのほうは、換羽期でもないのに腹の羽毛が薄くなってしまった。

鳥籠を開けた只次郎に餌かしらと擦り寄ってきた二羽は、中に入ってきたふごに驚き、あっちこっちと飛び回る。元通りに入り口を閉めても警戒は解かれず、ふごから遠ざかろうとして止まり木の端に身を寄せ合っていた。

「やっぱり駄目か」

目論見が外れ、只次郎は肩を落とす。いくらなんでも産んだ覚えのない卵を、抱いてくれはしないようだ。

「まぁ、しばらく様子を見てみよう。それでも駄目なら湯たんぽで温めてみるよ」

温めたところで、卵は孵らないかもしれない。むしろその見込みのほうが高いだろう。お花にも、そのくらいは分かっている。だがなにもせずに卵を見捨てたくはなく、

「うん、お願い」と頷いた。

止まり木に身を寄せたままのサンゴとコハクは、おそるおそる首を伸ばしてふごの中を覗いている。巣から落ちたのだとすれば、卵の親は数が足りないことに気づいただろうか。

「でも周りには、鷺の巣なんてなかったのに」

鷺ならば、あまり高い所に巣を作らない。低木の茂みや、藪の中に作るという。でもあの羊歯の葉の周りには、それらしい茂みなどなかった。

お花の疑問を受けて、只次郎が「なるほど」と顎を撫でる。

「落ちていた卵は、これ一つきりだったんだよね？」

「うん、他にはなかったと思う」

羊歯の葉を掻き分ければまだあったのかもしれないが、少なくとも目についたのは一つだけ。物言わぬ卵に只次郎は、同情するような目を向けた。

「だったら、時鳥の仕業かもしれないね」

鶯と時鳥は、似ても似つかぬ鳥である。

色も違えば模様も違う。体の大きさも、時鳥のほうがうんと大きい。

それなのに、なぜか卵はそっくりなのだという。

並べてみれば、時鳥の卵のほうがわずかに大きい。けれどもそうと知らなければ、気づかぬくらいに似ているそうだ。

「だから時鳥は自前の巣を持たず、鶯の巣に卵を産みつけるんだ。それっきり、なにもしない。卵を抱くのも子育ても、鶯にお任せというわけさ」

たまたま卵が似ていたからそんな方法を思いついたのか、それとも鶯任せにするために少しずつ似せていったのか、どちらが先かは分からない。しかしこれも生存の知恵だと、只次郎は言った。

時鳥の雛は、鶯よりも早く孵る。そして生まれたての赤裸にもかかわらず、周りの卵を背中で押して、すべて外に落としてしまう。

だから鶯の雛は、一羽も孵らない。そんな残酷なことをしておいて、時鳥の雛は似ても似つかぬ親にあたりまえのように餌を強請り、親もまた甲斐甲斐しく世話をするのだ。

「だけど時鳥は立夏から三日目ごろに初声を聞くというから、雛が孵るにはまだ時期が早いね。おそらく時鳥の親鳥が、鶯の巣から持ち去ったんだろう」

只次郎曰く、時鳥は鶯の巣に卵を一つ産み、辻褄合わせに元からあった卵を一つ持ち去るのだという。色艶形は似ていても、数が増えればさすがの鶯も気づくのだろう。

そういえばあのときお花の頭上では、「キョキョキョキョキョ」という鳥の鳴き声がしていた。たしかにあれは、時鳥の声だった。

つまり時鳥はすでに用なしになった卵を、あの場に捨てたのだ。

なんてひどいこと。只次郎はそれも知恵と言うけれど、お花には卑怯としか思えない。なぜ己で巣を作って、子を育もうとはしないのだろう。

まるでそんな、うちのおっ母さんみたいな――。

胸が妙にざわつくのは、どうしたってお槇の顔を、頭に思い浮かべてしまうからだ。お花に飯を食わせてくれるお人好しが現れたから、さっさと子を捨てて去った実の母。勝手な都合でまた現れて、今もお花を悩ませている。

――だけどもう、おっ母さんは改心したんだから。

いつまでも、過去にとらわれてちゃいけない。腹の底に澱のごとく溜まった思慕も恨みも、徐々に手放してやらなければ。この先はお互いの幸せを願いながら、別々の道を行けばいいのだ。

でもそのためには、来月一日にまた顔を合わさなきゃ。

けっきょく言伝は頼めなかったし、連絡先も分からぬまま。お槇にさよならを告げるには、どうしたってもう一度会わねばならない。

それを思うと、気が滅入る。お槇を前にするとやはり言葉が出てこないだろうから、伝えたいことはあらかじめ手紙にしたためておくべきか。店を抜け出す口実も、またなにか考えなければ。

気鬱の虫を追い出すように、お花は深々と息をつく。『ぜんや』の表戸の前であった。

様子がおかしいと、悟られるようなことがあってはいけない。頬を軽く揉んでから、「ただいま」とその戸を開けた。

明日に集まりがあるから、常連の旦那衆は誰も来ていない。一見の客が床几に座り、黙々と酒を飲んでいるだけだった。

七声の佐助の一件以来、見慣れぬ客にはつい身構えてしまう。実直な面つきの男をまじまじと眺めていたら、視線を遮るように給仕のお勝が間に立った。

「お帰り。遅かったね」

しまった、無遠慮に見すぎたか。

眼差しで詫びてから、お花は「うん」と頷く。

「鶯の卵を拾っちゃったから、只次郎さんに届けてた」

大丈夫、たぶん平静を装えている。『春告堂』に寄ったことで、帰りが遅くなった理由もできた。怪しまれるようなことはなにもないはずだ。

本日の魚料理は伊佐木の一夜干し。水気がほどよく抜けて身が引き締まり、塩焼きよりも美味しいくらいだ。それを床几に運んでから、お妙もこちらに顔を向けた。

「ご苦労様。座って麦湯でも飲んでちょうだい」

嘘に嘘を重ねた手前、労いの言葉が胸に重たく響く。泣きだしたいような気持ちを、お花は懸命に覆い隠す。

これからもお妙たちと暮らしてゆきたいから、お槇が戻っているのを知られたくない。その一心で、「ありがとう」と笑顔を作った。

お妙も微笑みを浮かべ、滑らかな手を差し出してくる。なんだろうと思って見下ろしていたら、逆に問われた。

「お花ちゃん、蓼は？」

そうだった。今日は川辺の蓼を摘んでくると言って出かけたのだ。

お花はなにも持っていない両手を開き、「あっ！」と叫んだ。

三

大鍋の中で、湯がくらくらと煮えている。こんなものを浴びたらひとたまりもないくらいの熱湯だ。もうもうたる湯気に鼻先を濡らしながら、お花はごくりと唾を飲んだ。

「い、いよいよだね」

俎の上に寝そべっているのは、墨袋とワタを抜き、塩でしっかりとぬめりを落とした真蛸である。これがたいそう活きがよく、お花の手首に巻きついてどうにか逃がれようとしていたが、真水にしばらく漬けておくと大人しくなった。

右の手首には、まだ吸盤の痕が赤く残っている。その痕をさすってから、お花は蛸の胴を持って高く掲げた。

「一気に入れたらお湯の温度が下がってしまうから、少しずつね」

お妙の指示に従い、蛸の足先だけを湯に入れる。すると浸かったところが、たちまちくるりと反り返る。

「うわぁ」

まるでさっきまで元気いっぱいだった蛸の、最後の足掻きのようである。ゆっくり出し入れを繰り返すと、透明だった湯が少しずつ琥珀色に染まってゆく。足が綺麗に丸まったら手を放し、胴も一緒に茹でてゆく。

明けて二十二日。『ぜんや』は夕方まで、旦那衆の貸し切りとなっている。その準備のため朝湯から戻ってすぐ仕込みに入り、蛸と格闘していたわけだ。

なにせ今日の料理は蛸づくし。八日前に小上がりで酒を飲んでいた、升川屋の要望である。

その日はちょうど、立夏であった。暦の上ではすでに夏。だからか升川屋はふと思い出したように、「そういや上方じゃ、夏の蛸が重宝されるんだってな」と呟いた。

真蛸といえば、江戸では正月に酢蛸を食べる。しかし上方では、夏至から十一日目の半夏生に蛸を食す風習があるそうだ。

「いいですねぇ。では今年の半夏生は、蛸づくしといきましょうか」

と言いだしたのは、ちょうど居合わせた菱屋のご隠居である。俵屋が賊に襲われかけて以来どこの店も警戒のし通しで、そろそろ気が滅入るころだろう。ここらでいったん集まって、息抜きをしようという提案である。

さっそく暦を調べてみると、半夏生は五月十一日。炙った畳鰯を齧りながら、升川屋が「そんなに待てるか！」と息巻いた。

「こちとら気の短い江戸っ子だ。四月のうちにやっちまおうぜ。ご隠居は、いつなら空いてる？」

というわけでさっそく俵屋、三文字屋、三河屋にも使いが出され、各々の都合により、蛸づくしの日取りは二十二日となったわけである。

近ごろ不穏なことばかり続いていたから、馴染みの旦那衆が集うのは嬉しいかぎりだ。お妙をしっかり手伝って、美味しい蛸料理を作らなければ。お花は張りきって、献立にもいくつか案を出した。

「さて、茹でている間に昆布締めを作ってしまいましょう」

そのうちの一つが、これである。お妙は茹でる前に一本だけ切り離しておいた足を俎に置き、皮を削いだ。さらに薄く削ぎ切りにしたのを、お花が酒で湿らせた昆布で挟む。このまましばらく置けば、蛸の昆布締めの出来上がりである。

昆布の風味が移り、身がキュッと引き締まった刺身がお花は好きだ。蛸でもできないかなと聞いてみたところ、採用された。美味しくなぁれと祈りながら、いったんそれを脇に置く。

「そろそろいいんじゃない？」

お妙に促され、お花は鉄製の鉤を手に鍋の前に立った。

「火傷しないでね」と注意を受けながら、その鉤に蛸の胴を引っかける。これを軒下に吊しておいて、冷ますのだ。そうすることによって丸まっていた蛸の足は、不思議とまっすぐに垂れてゆく。茹だった蛸は、いかにも蛸らしい色をしていた。

「冷めるのを待つ間に、淡竹の下茹でもしてしまいましょう」

「はい！」

淡竹は今が旬の筍だ。細長いぶん火が入りやすく、下茹でにさほどの時を要さない。

だがその前に、手指に染みついた生蛸のにおいを落とさねば。お妙と共に酢水で手を洗っていたら、開け放しておいた入り口から只次郎が顔を覗かせた。

「なにか、手伝うことはありますか？」

むろんのこと、只次郎も蛸づくしの宴に加わるつもりだ。そのため今日は、仕事を一切受けていない。どうやら鶯の世話をひと通りやり終えて、手持ち無沙汰になったらしい。

お花はお妙と顔を見合わせ、首を傾げる。料理の手は足りているし、狭い調理場に只次郎が立つ余地はない。

「それじゃあ、表を掃いてください」

「かしこまりました！」

商家ならば小僧がするような仕事を割り振られても、只次郎は意気揚々と竹箒を手に取る。この姿を見ていったい誰が、元は武士だと信じるだろう。なんだか刀より、箒を持っていたほうが様になる。

「あ。そうだ、お花ちゃん」

そのまま表に踏み出しかけて、思いついたように振り返る。

お花と目が合うと、只次郎は得意げに笑った。

「例の卵、サンゴが温めはじめたよ」

小上がりに、燗のついたちろりを運ぶ。酒のつまみは野蒜の味噌和え。皆が揃うのを待つ間に、ちびりちびりと飲むらしい。

「ね、驚きでしょう。たまたま拾ってきただけの卵を、まさか温めてくれるなんて」

弾むような声で話しているのは只次郎だ。鶯飼いの仲間である旦那衆に囲まれて、昂ぶりを抑えきれぬ様子である。

「へぇ。なんだかまた、面白そうなことをしていやがるなぁ」

そう言って、おおらかに笑うのは升川屋。珍しい出来事に、こちらも目を輝かせている。

「小鳥にも、捨てられた卵を哀れに思う気持ちはあるんでしょうかねぇ」

やけに殊勝な感想を洩らし、菱屋のご隠居が盃を手にする。お花が運んできたちろりを受け取り、只次郎がすかさず酌をした。

「不思議に思って調べてみたんですけどね、卵を抱く時期の親鳥ってのは、腹の羽毛が抜けるんですよ。そのほうが肌の温もりを、直に卵へ伝えることができますからね。実はサンゴも歳を取って腹の毛が薄くなっていまして。もしかしたらそのへんに、秘密があるのかもしれません」

「つまり腹の毛が抜けていると、卵を抱きたくなってくると？」

事理を極めんとする俵屋が、顎に手を当ててむむと呻る。

あらためて問われると自信がなくなったようで、只次郎は「いや、本当のところは分かりゃしませんけどね」と顔の前で手を振った。

「案外卵が、ひんやりして気持ちいいからじゃないかねぇ」

身も蓋もないことを言い、三河屋が赤黒い頰に笑みを刻む。腹の毛が抜けていれば、冷たさも直に感じられるというわけだ。

「おいおい、それじゃあ親子の情もなにもあったもんじゃねぇ」

升川屋が呆れたように天を仰ぐ。さすがにそんな理屈ではないと信じたいところである。

「ともあれ卵がうまく孵るといいですね、お花ちゃん」

ご隠居に話を振られ、お花は「うん」と頷いた。

湯たんぽで卵を孵そうと思ったら頻繁に湯を替えて温かさを保たねばならず、その手間をサンゴが己の肌で引き受けてくれたわけである。言葉が伝わるかどうかは別にして、後でお礼を言っておこうと思った。

そうこうするうちに、真昼九つ（昼十二時）の捨て鐘が鳴りはじめる。ひぃ、ふぅ、みぃ、と頭数を数えてから、お勝が「ふむ」と頷いた。

「あとは三文字屋さんだね。あのお人はたぶん、なにか甘い物でも買いに行ってるんだろう」

『ぜんや』での集まりに、手土産を欠かさないのが三文字屋だ。お花たちのためというよりは、あの人自身甘い物が好きなのだろう。その頭の中には江戸中の、菓子屋の名前が入っているようだ。

調理場からは、醤油と味醂の煮詰まるにおいが流れてくる。お花は先に昼餉を済ませてしまったが、腹を空かして来たはずの旦那衆はたまりかねたように小鼻をひくつかせた。

「待ってる間に聞くけどさ、俵屋さん。若旦那の縁談はどうなったんだい？」

お勝が小上がりの縁に座り、腹を減らした客の気を逸らす。俵屋が宝屋の養女お梅を嫁にと望んでいることは、すでに周知の事実らしい。

口に含んでいた野蒜を飲み下してから、俵屋は「それがですね」と切りだした。

「人を介して話をしちゃいるんですが、肝心のお梅さんが気後れしちまっているようで。捨て子だった自分には過ぎた話だと、こう言うんですよ」

同じく親に捨てられたお花には、お梅の気持ちが分かる気がした。どれだけ明るく振る舞っても根っこには、実の親にすら愛されなかったという不安がある。まして縁談の相手が大店の俵屋とくれば、尻込みして当然だった。

ならばこの縁談は、不首尾に終わってしまったのか。

柔和な若旦那の顔を思い浮かべ、気の毒に思ったのも束の間である。先ほどの言葉とは裏腹に、俵屋が晴れ晴れとした笑みを浮かべて見せた。

「お蔭でますます気に入りましたよ。玉の輿狙いじゃない、いい娘さんです。なにがなんでも、俵屋に迎え入れてみせますよ」

「ヨッ、その意気だ！」

三河屋が、焚きつけるように手を叩く。

「お梅さんとやらも、そこまで思われりゃ幸せだ」

そう言ったのは升川屋。他の旦那衆も、そのとおりと深く頷いている。

お花は少し、ゾッとした。お梅は本当に嫌がっているのかもしれないのに、聞き入れてもらえないのは恐いことだ。なにより俵屋のご新造に収まることが幸せと、誰もが思い込んでいる。

お梅ちゃん、大丈夫かな。

しばらくは会いに行くまいと思っていたのに、俄然心配になってきた。いざとなれば宝屋のおかみさんが、ちゃんと断ってくれるだろうけど——。

年頃になればお花も意志とは関係なしに、縁談を持ち込まれたりするのだろうか。

そう考えると、鳩尾あたりがズンと重たくなった。

さりげなく後退りをして小上がりから離れ、見世棚の向こうの調理場に入る。吸い物の味をたしかめていたお妙が顔を上げて、「どうしたの？」と聞いてきた。

先行きの不安が、顔に出ていたのだろうか。お花は「ううん」と首を振る。

幸いにも表の戸が開き、それ以上は追及されなかった。やって来たのはもちろん三文字屋だ。持参した風呂敷包みを、挨拶代わりに目の高さに持ち上げる。

「ああ、皆さんもうお揃いで。大坂屋の最中を買いに行っていたら遅くなってしまいました。すみませんねぇ」

大坂屋は小網町一丁目にある菓子屋で、小舟町の三文字屋からはほど近い。それでも遅くなったのは、おおかたどこの菓子を持って行こうか決めかねていたせいだろう。

「ほら、やっぱりだ」とお勝が笑う。

お妙もくすくすと笑いながら調理場を出て、最中の包みを受け取った。

「ありがとうございます。では、はじめましょうか」

それを合図に只次郎が手を打ち鳴らす。

蛸づくしの宴のはじまりである。

四

お妙が俎に茹でた蛸の足を置き、ゆっくりと削ぎ切りにしている。包丁を小刻みに揺らして、表面に細かく波打つような模様をつけるのがコツらしい。

「小波切りというの。蛸は包丁をまっすぐに入れると表面がつるつるしてしまうでしょう。こうして波打たせることでお箸が滑りにくくなって、醬油も絡みやすくなるのよ」

また今度練習しましょうねと言われ、お花は頷いた。お妙の隣に立ち、薄く削がれた身を大皿に並べてゆく。包丁の入れかた一つ取っても、様々に種類があるものだ。

「はい、いいわ。持って行って」

盛りつけを確認してもらい、小上がりへと運んでゆく。車座になっている旦那衆の中央に皿を置こうとしたら、手前に座っていた只次郎が受け取ってくれた。

「生蛸の昆布締めと、茹で蛸のお刺身です」

大皿に、それぞれ半分ずつ。昆布締めは白っぽく、茹で蛸は吸盤側の色づいた部分が目立つように盛りつけてみた。紅白で、なんとなくめでたい気がする。

「待ってました!」と、升川屋が声を上げた。

ちょうど燗がついたらしく、お勝も新たなちろりを手にやってくる。旦那衆は酒を注ぎ合ったり醬油の小皿を回したりと、にわかに忙しくなった。

「うん、うまぁい!」

真っ先に、声を上げたのは只次郎だ。どうやら昆布締めを食べたようである。

「おお、これはこれは。そもそも蛸自体旨みが強いのに、昆布の風味が染み込んでいっそう味わい深いですね」

「白身の魚ならともかく、蛸の昆布締めなんてはじめてですよ」

ご隠居と三文字も、しみじみと味わっている。お花もさっき味見をしたが、これは噛みしめるほど旨くなる。

いけない、にやにやしちゃう。

自分で考えた献立を褒められて、つい口元が緩んでしまう。お花は頰の内側に軽く歯を立てて、なんでもない素振りを装った。

「刺身もいい。旨みがギュッと内側に閉じ込められた、いい茹で加減だ」

「切りかたにも工夫があるんですね。このわずかな凹凸に醬油が絡むことで、蛸の味とよく馴染みますよ」

升川屋と俵屋は、まず刺身から食べたようだ。

味噌問屋の三河屋だけが、「欲を言えば、酢味噌もあるといいんだが」と小さな不満を洩らしている。商売柄なのか、味噌が好きなお人である。

「すみません。酢味噌はこちらに使ってしまったので」

お妙が詫びながら、次の料理を折敷に載せて運んできた。人数分を一人では持ちきれず、その後にお勝も続いている。それぞれの膝先に、四角い小鉢が置かれてゆく。

「なんです、これは」

ご隠居に問われ、お妙はにこやかに答えた。

「蛸の胴皮と、ワタの蓼酢味噌和えです」

墨袋さえ取ってしまえば、蛸のワタはすべて食べられる。それらをさっと塩茹でにし、胴皮の細切りと合わせたものだ。

ワタの中には芋虫のように見える部位もあり、見た目はちょっと得体が知れない。それでもお妙の料理に間違いはないと信じているからだろう。旦那衆は、迷うことなく箸を取った。

「あ、旨い。このふわふわしたのは、たぶん白子ですね」

「私が今食べたのは肝だと思います。ああ、これは酒が進みますよ」

「この芋虫みたいなのはなんだ。えっ、エラだって？　おお、案外柔らかくてさっぱりしていやがる！」

これはどこの部位だろうと盛り上がる客を眺め、お妙は満足げな笑みを浮かべている。蛸のワタなどめったに口にしないから、珍味として考えだした一品ある。

長年居酒屋の女将をしていても、狙いが当たると嬉しいようだ。それなら若輩のお花がにやけてしまうのは、無理からぬことである。

「ただの酢味噌じゃなく、蓼が入っているのがいいね。それぞれに味わいの違うワタを、爽やかにまとめてくれるじゃないか」

味噌好きの三河屋からも、お褒めの言葉をいただいた。そう言ってもらえるなら、朝湯の帰りに摘んできた甲斐があった。

「ありがとうございます。蓼を混ぜるのは、お花ちゃんの案なんですよ」

「ほぉ、そうだったんだね」

感心したような眼差しを向けられて、お花は両手で前掛けを握る。嬉しいけど、やっぱり恥ずかしい。なんだか頬がむずむずした。

蛸のワタは、新鮮であれば臭みはないそうだ。それでもお花の鋭い鼻は、微かな生臭さをとらえてしまう。

このにおいを抑え、風味を引き出せる食材を、お花は知っている気がした。蓄積された香りの記憶をまさぐって、思いついたのが鮎の塩焼きに添えられる蓼酢だったのである。

「お花ちゃんは鼻がいいから、やっぱり料理の才があるんだね」

ご隠居から手放しに褒められて、お花は喜びを嚙みしめつつ首を傾げた。

「関係あるの？」

「ありますとも。風邪で鼻が詰まっていたりしたら、旨いものを食べても味がぼやけてしまうでしょう。味というのは舌だけで感じるものじゃない。大事なのは鼻ですよ」

言われてみればいかにお妙の料理でも、風邪のときは風味が変だ。口と鼻は繋がっているのだから、なんとなく理屈は分かる。

溝臭い地域に寝起きしていたころは、この鼻の鋭さを持て余していたものだけど。もしかするとこの先は、役に立ってくれるのだろうか。

ご隠居が言うように本当に料理の才があって、お妙よりも美味しいものを作れるようになったら――。

そしたら嫁がなくたっていいから『ぜんや』を継いでおくれって、言ってもらえるかな。

そんなことを考えながら、お花は己の鼻先を指で押した。

旦那衆のいい飲みっぷりに、ちろりがどんどん空になる。

もはやお代わりの声を待つこともなく、お勝が空いた端から酒を注いで銅壺の湯に沈めてゆく。一刻(二時間)ほどもすると皆、頬に朱をのぼらせて、衿元を寛げていた。

「このところ、やはり気が張っていたんでしょうね。久し振りに皆さんと集まれて、ほっとしました」

いつも膝を揃えて座っている俵屋も、今日ばかりは足を崩している。一歩間違えれば押し込みに遭っていたのだから、なにげない風を装っていても、常に周りを警戒していたに違いない。

少し丸まったその背中を、ご隠居が軽く叩いた。

「油断は禁物ですけどね。張り詰めっぱなしじゃいずれ切れますから、たまにゃ緩めなきゃいけませんよ」

「そうだそうだ。人ってのは、楽しみがなきゃ生きていけねぇもんだ」

升川屋もしたり顔。「ま、もう一杯」などと言いながら、俵屋の盃に酒を注ぎ足している。

蛸づくしの宴を思いついたのは、この二人だ。半夏生まで待てないと駄々をこねたのは、たんに気の短さゆえではなかったのかもしれない。

「本当に、声をかけてくださってありがとうございます」

俵屋は礼を言い、珍しく気弱な笑みを見せた。

そっか。友達って、こういうことなんだな。

旦那衆とひと口に言っても歳はばらばらだし、性格も違う。それでもここぞというときに、相手を思い遣(や)ることができる。

やっぱり私も、お梅ちゃんに会いに行こう。

ちょっとばかり気まずいけれど、友達が大変なときに黙って見ているような人間にはなりたくない。自分のことで精一杯なままではいけないと、お花は強く思った。

「あれからもう、四月(よつき)近くになりますか。ひょっとしたら、このままなにも起こらないんじゃないかねぇ」

「いけませんよ。そうやって気が緩むところを狙ってくるのではないかと、柳井(やない)様もおっしゃっていたじゃありませんか」

「この宴が終わったら、また気を引き締めていきましょう」

不穏な話題を挟みつつも、料理はどんどん減ってゆく。

コトコトと柔らかく煮た蛸と淡竹の炊き合わせ、蛸の天麩羅(てんぷら)、箸休めは蛸と若布(わかめ)の酢の物。旦那衆の箸は止まらず、「なにがあってもこれだけ食えてりゃ安心だ」と、お勝が笑った。

そうこうするうちに、調理場から香ばしいにおいが流れてくる。そろそろかと思って手伝いに行くと、お妙がちょうど七厘(しちりん)から、大振りの土鍋を下ろしたところだった。

「できた？」

「あと少しね」

と答えながら、布巾を使って土鍋の蓋を取る。とたんにむわっと湯気が上がり、その向こうに小豆色に染まった飯が覗いた。

「うわぁ」

思わず歓声を上げてしまう。蛸を煮込んだ汁で米を炊いているため、赤飯のような鮮やかさだ。

お妙がそこに、薄く切った茹で蛸の身を散らせてゆく。米と一緒に炊き込むと硬くなるので、後から入れて蒸らすらしい。

蒸らしている間に、汁を温め直す。蛸の吸盤と若布の吸い物である。浮き実として、針のように細く切った独活を散らせる。

女三人で手分けして、それらを小上がりへと運んだ。土鍋の蓋を取るときには、旦那衆の間にも歓声が上がった。

「やっぱり、最後は蛸飯だと思っていましたよ」と、只次郎はほくほく顔である。

「蛸の薄切りを花片に見立てて、桜飯とも言いますね。今年最後の花見をさせてもらってる気分ですよ」

土鍋の中に現れた花景色を眺め、風流なことを言ったのはご隠居だ。早咲きから遅咲きまで桜の種類は数あれど、さすがにこの時期には咲き終わっていた。

「桜飯は吸い物か味噌仕立ての汁をかけて食べますが、ひとまずはこのままで。おこげもお楽しみくださいね」

お妙が杓文字を手に取り、さっくりと飯を混ぜる。いい塩梅に色づいたおこげが顔を出し、お花は思わず唾を飲んだ。

これまでの料理は味見をしてどんなものか分かっていたが、蛸飯は食べていない。いかにも旨みが詰まっていそうな、おこげに目が吸い寄せられる。

あまりにも見つめすぎたせいで、三文字屋に声をかけられた。

「お花ちゃんも、一緒に食べちゃどうです?」

「えっ、でも——」

「いっぱいあるんだ、構いませんよ。お妙さんとお勝さんも、座って食べるといい」

「おや、それじゃお言葉に甘えちまうよ」

三河屋に手招きされて、お勝がさっそく下駄を脱ぐ。茶碗に飯をついでいるお妙を窺うと、小さく頷き返された。

食べてもいいのか。ならばとお花も小上がりに上がりかけた。

だがそこへ、表戸がそろりと開いた。貸し切りの知らせは、紙に書いて貼りだしておいたはずである。誰かと思えば熊吉が、遠慮がちに入ってきた。

「邪魔をしてすみません。薬の補充に来ただけですから、お気になさらず」

あちらは仕事だ。俵屋の手代の顔をして、旦那衆にぺこりと頭を下げた。

「またまたぁ。本当は狙って来たんじゃないのかい？」

「違います」

只次郎にからかわれても、相手にしない。熊吉は背負っていた荷物を床几に下ろし、売れ残った薬袋を数えはじめる。

「まぁいい、熊吉も一杯食べてけ。こりゃあ旨いに違いねぇぞ」

「お気持ちだけ、頂戴します」

「なんだい、つれないねぇ。俵屋さん、熊吉はいつからあんなに可愛げがなくなっちまったんです？」

「本当に。昔はただ蕎麦を打つだけで笑い転げていたのにねぇ」

旦那衆は、もはやただの酔っ払い。礼儀正しく振る舞おうとしたところで、易々と許してくれるわけがない。

「熊吉、いいから食べていきなさい」

と、ついには俵屋の許しまで出る始末。

熊吉は戸惑った素振りを見せたまま、「はぁ」と頷いた。

五

熊吉と、並んで床几に腰かける。

小上がりで旦那衆に囲まれているよりは、こちらのほうがよっぽど気楽だ。二人分の茶碗と箸を載せた折敷を間に置くと、熊吉の喉仏が大きく上下した。

なんのかんの言っても、熊吉だって飯を食べたかったに違いない。だってこんなに香ばしく、甘いにおいがしているのだから。おこげを多めによそってもらって、お花も胸が高鳴っている。

それでも旦那衆より先に食べてはいけないと思い、しばし待つ。小上がりで「旨い！」と声が上がるのを聞いてから、箸を取った。

手はじめに、焦げていないところから。ひと口食べたとたん、頬がにんまりと持ち上がる。蛸の煮汁がいい仕事をして、飯にまでしっかり風味が染みている。

「こりゃあ、たまんねぇ」と、熊吉が小さく呟く。俵屋の、手代の仮面が剝げている。

このほうが、熊ちゃんらしい。

ふふふと笑ってからお花は、いよいよおこげに取りかかる。

艶々と飴色に輝く塊を、そっと崩して口に含む。乾飯のような歯応えと、なんとも言えない香ばしさ。蛸の旨みがそこにギュッと詰まっていて、お花は「うーん！」と身悶えした。

おこげとは、なぜこんなにも美味しいのだろう。店を開ける前に昼餉を食べたのに、いっこうに箸が止まらない。

「あっ、そうだ。昨日、熊ちゃんの友達に会ったよ」

食べながら、隣の熊吉に話しかける。早いもので、彼の茶碗はすでに空になっていた。

「友達？」

「うん。そうだ、忘れてた！」

しまった。昨日の少年から、渡された物があったのに。

お花は慌てて飯を平らげ、空になった茶碗を折敷に置いた。

「ちょっと待ってて」

そう言い置いて下駄を脱ぎ、二階の内所へと駆け上がる。二間続きの奥の部屋の、押し入れから自分の行李を引っ張り出した。

昨夜は寝る間際になって、少年にもらった包みが懐に入れっぱなしになっていたのに気がついた。鶯の卵を只次郎に託したり、蓼を摘み忘れてきたことを指摘されたりで、紙包みのことはすっかり頭から抜けていた。

せっかくもらったのに、申し訳ない。朝になったら、お妙さんに見せてみよう。

寝間着に着替えながらそんなふうに考えて、いったん行李に仕舞っておいた。でも朝から湯に行ったり、蓼を摘んだり、活きのいい蛸と格闘したりで、またもやうっかり忘れていた。

砕いて酒に漬けておくよう言われていたのに。今からじゃもう遅いだろう。

片手で握り込めるほどの包みを取り出して、店に戻る。空の茶碗はお妙が下げたらしく、熊吉は空いたところに算盤（そろばん）を置いて金の勘定（かんじょう）をしていた。

「あのね、これをもらったの。お酒に入れて振る舞うようにって」

「そうかそうか。ちょっと待て」

勘定の途中らしく、返ってきたのは生返事だ。だがお花が手の上で開いた包みをちらりと横目に見たとたん、熊吉は血相を変えて立ち上がった。

「おい、お前これ、誰にもらったって？」

問いただす声も、尋常（じんじょう）ではない。小上がりで寛（くつろ）いでいた旦那衆まで、なにごとかと腰を浮かせた。

　目を白黒させながら、お花はどうにか声を絞り出す。

「熊ちゃんの、お友達」

「だからそれはどんな奴だよ。名前は？」

「聞いてない」

　しょんぼりとして、首を振る。いったいなにを責められているのか、よく分からない。

「どうしたの？」

　心配して近づいてきたお妙もまた、お花の手の上にあるものを見てぎょっと目を見開いた。ふと気づけば只次郎をはじめ、旦那衆にも周りを取り囲まれている。

「なんなの、これ。桂皮じゃないの？」

　たしかにそう言われ、手渡されたはずだった。細かく砕いて酒に入れておくと、風味がよくなるのではなかったのか。

「お花ちゃん、ひとまずこちらで預かりますよ」

　俵屋がお花の手から、正体不明の塊をそっと取り上げる。どうやらこれがなにかを知っているのは、俵屋と熊吉、そしてお妙の三人のみ。他の者はぽかんとして、事のなりゆきを見守っている。

「これは桂皮なんかじゃねぇ。附子だ」

「附子？」

生薬の名に違いないが、お花にはそれがなにか分からない。熊吉が恐い顔をしているから、嫌な予感がするだけだ。

「猛毒の、鳥兜の根だよ。こんなものを酒に入れて振る舞ったりしたら、ひとたまりもねぇ」

鳥兜という名なら、耳にしたことがある。紫色の綺麗な花を咲かせるけれど、すべての部位が毒だという。

「そんな——」

自分のものじゃないみたいに、声が震える。あの少年は、毒と知りながらこんなものをお花に託したのだろうか。

「危ねぇ。お花が粗忽者じゃなかったら、死人が出てたぜ」

なんだか妙に、息が苦しい。水溜まり越しのように滲む視界に、旦那衆の顔を順繰りに映してゆく。

菱屋のご隠居、三河屋、三文字屋、升川屋、そして俵屋。江戸でも名だたる旦那たちの集まりがあると、少年に教えたのはお花だった。

――もしかして、このうちの誰かを殺そうとしたの？

視界が急に、激しく揺れた。熊吉が、肩を摑(つか)んで揺さぶっている。

「泣いてる場合じゃねぇ。そいつの特徴は？　いくつくらいの奴だった？」

矢継(やつ)ぎ早(ばや)の質問に、胸が詰まる。あの少年について話すなら、お槇と会っていたことも打ち明けなきゃいけない。

もしかして、おっ母さんもぐるなの？

体に同じような、材木の香りを染み込ませていた二人。彼らが無関係だとは、どうしても思えない。

ふいにふっと、地面が消えた。穴の中に落ち込むような感覚があり、お花は土間に尻餅(しりもち)をついていた。

「待った、熊吉。事情を聞くのは後だ」

膝をついてなおもお花を問い詰めようとする熊吉を、只次郎が止めている。震えが止まらない体を、お勝が包み込むように抱いてくれた。

「可哀想(かわいそう)に。ほら、ゆっくり息をしな」

なんだか変だ。なにかまだ、見落としている気がする。

お勝の胸元に鼻先を埋(うず)め、息を吸い込む。ああそうだと、さらに気が遠くなった。

あの少年は、お槇の亭主は大工だと言った。材木のにおいがしたから、お花はそれをあっさりと信じた。

だけどお勝の亭主だって、腕のいい大工だ。けれどもお勝からは、材木のにおいがしない。

あたりまえだ。だって大工のおかみさんは、木を削ったりしないのだから。

目の前が暗くなり、香りの記憶の糸がふわふわと、意図せぬところに漂ってゆく。

あの二人と似たにおいを、別の誰かから嗅いだ気がする。

まるで耳元に囁かれたかのように、「ばくちこき」という声が頭に響く。同時に蟷螂に似た男の面差しが、ぱっと閃いた。

ああそうだったんだと、薄れる意識の中で悟る。私は本当に、時鳥の雛だったんだ。

「お花ちゃん、お花ちゃん！」と、育ての親が必死に呼びかけているのが分かる。

真っ黒な瞼の裏に浮かんだのは、背中で卵を押しやって、落とそうとしている赤裸の雛の姿だった。

「声はすれども」「七色の声」「くれない」「縁談」は、ランティエ二〇二二年七月～十月号に掲載された作品に、修正を加えたものです。

「時鳥」は書き下ろしです。

さ 19-15

ねじり梅(うめ) 花暦(はなごよみ) 居酒屋(いざかや)ぜんや

著者 坂井希久子(さかいきくこ)

2022年11月18日第一刷発行

発行者 角川春樹

発行所 株式会社 角川春樹事務所

〒102-0074 東京都千代田区九段南2-1-30 イタリア文化会館

電話 03(3263)5247[編集] 03(3263)5881[営業]

印刷・製本 中央精版印刷株式会社

フォーマット・デザイン&シンボルマーク 芦澤泰偉

ISBN978-4-7584-4525-2 C0193

http://www.kadokawaharuki.co.jp/[営業]

fanmail@kadokawaharuki.co.jp[編集] ご意見・ご感想をお寄せください。